不起眼女主角培育法 5

丸戸史明

插畫／深崎暮人

Kadokawa Fantastic Novels

彩頁／內文插畫：深崎暮人

Content

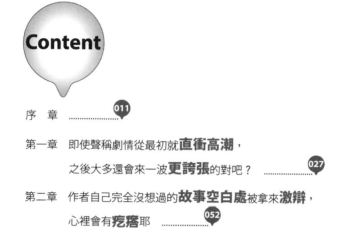

blessing software

成員名冊

原畫、CG上色

劇本

企畫、製作人、總監

音樂

第一女主角

序章

十一月上旬，放學後照入視聽教室的夕陽雖紅，卻也令人感到清冷……

「好啦，感謝劇本負責人的辛苦付出～～！」

……話雖如此，快和陽光一樣變冷的教室裡，卻被格外興奮的說話聲炒熱氣氛了。

欸，感覺怎麼和過去的序章不一樣，頭一句話這麼正面喔？

「所以啦，剩下的就交給我們，請為妳的輕小說新作全力衝刺吧♪再見了，霞之丘詩羽……永別囉。」

……正面氣息並不長久。果不其然，在最後用晚秋溫度般的口氣讓場子瞬間降溫的，就是那個留著金髮雙馬尾，導致「傲」和「嬌」都顯得挺刻意的女生。

「妳那語氣滿是除去心頭大患的味道呢，澤村。反正一個月後，有人就要哭得一把鼻涕一把淚地為稿期延宕下跪求饒了，趁現在留點口德會比較好喔。」

然後呢，這邊這位表現一如往常。

儘管表情和語氣顯得想睡，還是用毫不留情的黑心語句讓場子結凍的，就是那個留著黑色長

直髮，導致凡事無法不深究其背後心思的女生。

「哎呀，真討厭，好不容易有人關心妳的工作和身體狀況，妳卻不肯坦然接受別人的體貼，外傳小說家全是些既偏執又狹量的性情乖僻者，看來也不是空穴來風嘛～」

「我不過是擔心，有個當插畫家的把話說得那麼滿，明明本身負責的部分還沒完工，到截稿前夕又只會靠動漫電玩來逃避現實，真不知道迴力鏢之後會不會飛回來砸到她自己喔？」

「拜託妳們不要在這種可喜可賀的日子也按照平常套路（鬥嘴）跑啦！」

是的，相信大家也已經耳熟能詳，又到了介紹視聽教室的窗戶邊和走廊邊兩位美少女的時間了。

其中一方是總會靠動漫電玩逃避現實，不過到了火燒眉睫時作畫速度還有品質就變得讓人看不下去……呃，厲害到看不下去的插畫家——柏木英理亦即日英混血的金髮雙馬尾同學，澤村．史賓瑟．英梨梨。

另一方則是既偏執又狹量的性情乖僻者，但在認真執筆的作品中無論劇情或角色描寫都令人汗毛直豎……呃，傑出得令人汗毛直豎的小說家——霞詩子亦即黑色長直髮的高年級同學，霞之丘詩羽學姊。

接著，再來段同樣一如往常的自我介紹。

我是撮合了水火不容的兩人，驚奇度好比讓名水百選&茂○道橄欖油交會在一塊（註：日文中是以「油水不溶」來比喻關係對立。名水百選係指日本政府選出的一百處水質優良的水源地。速水茂虎道則是以愛用橄欖油出名的演員兼電視節目廚師。）的無名同人社團「blessing software」代表，安藝倫也。

這篇故事，是一群熱血御宅族挑戰某衰退業界的記錄。

在同人美少女遊戲界全無知名度的弱小社團，竟一反情色大行其道的風潮，培植出健全的萌與感動，達成只靠幾場活動就升格為閘口社團的奇蹟，成員們於過程中做為原動力的信賴與愛，全都鉅細靡遺地寫成了輕小說。

……哎，戲言就說到這裡吧。

今天和平常的會議不同，並沒有發生狀況，或是期程耽擱、盜用製作公款之類的腥羶議題，何止如此，這還是詩羽學姊終於「全劇本製作完畢」，風風光光地達成重要里程碑的紀念性日子。

然而……

「就算妳那樣挑釁我，也得不到任何效果喔。劇本完工，這個社團儼然就是沒有妳的容身之處了，快快請回吧，霞之丘詩羽……不對，霞、之、丘、學、姊。」

即使如此！這兩個人！還是不肯停止鬥嘴！

「那樣真的好嗎，澤村？現在將我趕走，要是妳反而被修理得比以前更慘，到最後又哭著來求救，我也不理妳喔。」

「啥？妳說什麼啦？那是哪門子的狀況……」

於是乎，在雙方情勢越益緊繃的黃昏時分……

「哈囉～阿倫！我做了新曲子過來～」

突然間，隨著視聽教室的門猛然打開，開朗而率性的大嗓門響起。

「美……美智留？」

「哎呀～豐之崎果然好遠喔。我都一放學就馬上出發了，但現在太陽都下山了。」

在那裡，有個服裝和豐之崎學園不同，身穿領結大得顯眼的白色制服，在冷天氣裡卻微微流著汗，一頭短髮搖曳，還捧著吉他對我咧嘴笑出來的外校學生。

「呃，先不提那個了，妳在平常上學日來幹嘛！」

「哎，誰叫我昨天想到一首超棒的曲子嘛～所以我覺得非得馬上讓你聽，就按捺不住啦～」

她是和我們御宅族處於對極的現充（不過受歡迎的對象主要是同性），卻能一首接一首地譜

出觸動御宅族心弦的曲子，而顯得入錯門又學錯功……呃，十分值得信賴的作曲家兼動漫系搖滾樂團「icy tail」主唱小美——亦即和我同年的表姊，冰堂美智留。

「那妳把音源寄給我不就好了……」

「阿倫～你果然就是不懂呢。即使是同一首曲子，用現場演奏和錄音呈現的衝擊度也完全不同啦。來啦，試了就知道。聽我彈聽我彈。」

「呃，最後收在遊戲裡的依舊是錄音檔吧……」

「不要計較小細節啦……唷咻。」

「唔……喂，美智留！」

像這樣，我那自家人意識畢露又完全不懂遮掩的表姊，根本沒有打算看清楚現場氣氛，就抱著吉他坐到了桌子，而不是椅子上。

……是的，她照平常的習慣，盤腿坐著。

完全不遮從制服短裙露出的結實大腿。

「……唔。」

「……唔。」

……瞬時間，曾一度風休冰解的氣氛又結凍了。結凍了。結凍了。凍得更僵了。

「妳喔，乖乖地站著彈啦。要不然至少坐在椅子上彈！」

「咦～那樣很麻煩耶～」

「還有，我很感謝妳幫忙作曲，不過彈完以後要快點回去喔。拖得太晚，舅舅他們又會擔心耶。」

「咦～今天就讓我過個夜嘛～我的換洗衣物都還留在房間對不對？」

「慢……慢著，冰堂美智留！」

……於是在下個瞬間，金色的尖針（英梨梨的嗓音）像鑽石冰塵般扎了過來。

話說回來，可見英梨梨直呼對方全名的標準在於……

「妳穿那種外校的制服，是怎麼進來這裡的？」

「啊～我說『輕音樂社要跨校練團』，校門那邊一下子就放我進來啦。」

美智留還是只有在動小聰明和膽量方面無人能敵。

明明成績連升年級時都是低空飛過的。

「基本上，我和妳們是同一個社團的成員吧。沒道理排斥我吧……」

「什……」

「再說照我的情況，明明對御宅族沒興趣，都是阿倫說『我無論如何都想要妳』，我才不得已來幫忙的，這樣子對我是不是說不過去啊。」

「那那那那種台詞他也有對我說！」

咦？我對英梨梨也講過嗎？

不對，應該先吐槽爭論點並不在那邊，但我現在沒辦法插嘴。

「基……基本上，妳非法進入學校，假如害得社團被迫停止活動的話要怎麼辦？」

「才這樣哪有可能被學校禁止。哎，不過要是在這裡發生不純異性交往的話，那就另當別論了。」

呃，那樣就算對象不是外校學生，社團和我也會一起完蛋。

「妳又不是御宅族，別想像那種校園純愛系情色同人的場景啦！」

另外，妳把世界看得太狹隘了喔，情色同人作家。

「基本上，妳們的文章還有圖也可以用電子郵件寄送不是嗎？但為什麼卻要特地來這裡碰頭？」

「那……那是因為，我們讀同所學校，家也住得很近……」

「我和阿倫可是一家人耶。」

「～～～唔！……霞……霞之丘詩羽～～」

「……雖然我確實做過警告，但我倒沒想到妳真的會哭著過來求救呢，澤村。」

結果，莫名其妙被重創而淚眼汪汪地退縮的大雄……呃，是英梨梨找了別人來接棒，這次換成哆啦A……呃，換成詩羽學姊站到美智留面前。

話說這兩個人明明剛才還在起口角，怎麼不知不覺中就組成搭檔了？

「冰堂，我欽佩妳的熱忱，對妳願意變節為我們付出的態度也不能不服。」

「反正我又不是為了妳們～」

「是啊，正因為我真的很感謝妳，所以才希望妳不要再繼續勉強自己……彈完就快點回去吧。」

唔哇，超低溫的靜止世界（白○相簿）……（註：指《ＪＯＪＯ的奇妙冒險》第五部的替身「白色相簿」）

「……那應該隨我便吧。」

「隨妳便……翻字典的話，可以查到『隨便』指的是『不顧其他人，只為自己方便的行為，或者心態』。」

「妳想講什麼？」

「聽好了，冰堂。所謂的社團活動呢，是以團體行動為原則。」

「那種事我也知道啊。我可是有在玩樂團的。」

「是啊，妳確實有參加樂團……擔任的還是『主唱』這種不便更換，而且怎麼耍性子都可以的人氣要角。」

「……妳可以不要再拐彎抹角了嗎，學姊？」

「那我就直說好了。妳確實隸屬於一支團隊……可是呢，過去妳是不是沒有收斂個人鋒芒，以促成團隊之美的經驗？」

「什……？」

詩羽學姊出於邏輯的情緒論調，和英梨梨失焦又流於激動的情緒論調不同，聽起來別有一番滋味在心頭，使得美智留明顯區居下風。

哎，雖然兩邊終究都是情緒論調，不過那可不能明說。

然而就在詩羽學姊靠著詭辯……呃，靠著駁倒對方站穩了立場，正打算一氣呵成時……

「為了自己方便，就將截稿日一拖再拖還讓編輯忙得團團轉的任性作家哪有資格說。」

「妳才不要跑來求救還從背後捅人一刀，澤村。吵輸的敗犬插畫家。」

……她卻不得不先幫自己後頭滅火。

嗯，這兩個人真是絕配呢……包括比賽中起內鬨的部分。

「……欸，加藤。」

「嗯？怎麼樣，安藝？」

於是當視聽教室中央，正掀起更加冷嘲熱諷的口角時——

為了不被她們察覺而慢慢退到窗邊避難的我，在那裡和從剛才就悠然地坐壁上觀……應該說不旁觀也不參加，只顧著玩智慧手機的另一個社團成員搭話了。

「平常妳都用智慧手機忙什麼？那最近成了話題耶，在我心裡。」

「啊，現在是玩龍〇拼圖（註：指手機遊戲《龍族拼圖》），你看。」

「唔哇，感謝妳那超沒意外性又似乎會立刻失去新鮮度的回答。」

在那裡的，是比我更早來這間視聽教室，卻一直像經過協商似的，始終貫徹互不干涉立場的馬尾女生。

絕對不是有人要霸凌她，但眾人卻總是自然而然地將其忽略，若按照「我思故我在」這項命題，甚至會讓我懷疑她是不是什麼都沒思考的同班同學B。

這位就是我們「blessing software」的幕後功……呃，第一女主角兼程式碼見習生，「馬尾一綁不復還」的加藤惠。

「你想嘛，我好歹也算是御宅族社團的一員。感覺多少要接觸這樣的遊戲才對啊。」

「呃，對於走小眾路線的美少女遊戲製作社團來說，妳碰那種每個人都在玩的主流遊戲也挺微妙的就是了……」

總是絕妙得搔不到癢處的隨興口氣。

在她做出的微表情、微感動等等反應中，偶爾摻入的微毒素同樣要毒不毒，其微妙事蹟可說不勝枚舉。

「哎，不管怎樣，劇本能全部完成真是太好了。」

「這樣一來，接著就輪到我們忙了喔。從現在起一個月內是成敗關鍵。」

「希望能來得及呢，冬COMI。」

「我會完成給妳們看的……無論如何都要趕上。」

不過，她這無感症……呃，我是指她對別人不多干涉的處事方式，有時也會讓我覺得挺舒服自在的。

好比這種能讓我普普通通、公事公辦地聊社團業務的穩當感，還有絕不會向其他成員牽制、誹謗、兜圈子找碴的安心感。

「對了，妳這留得滿長的耶。」

「嗯？頭髮嗎？」

話雖如此，我可不能安於這種安逸當中。

畢竟我發起社團時，所定出的目標，是要讓加藤成為會「讓人心動得小鹿亂撞的第一女主角」。

我想培育的並非是「一回首，加藤就在燈火闌珊處」這種安心、安全、安定，而且最適合喝茶閒嗑牙的女主角。

「妳連短馬尾屬性都放掉啦……角色又變得更薄弱囉，加藤。」

「呃，普通馬尾也是可以當成……那個叫什麼來著……萌記號吧？不是嗎？」

「假如當事人夠諂媚，懂得活用的話是可以啦……」

所以，我重新下定決心，絕對要將這次遊戲的女主角……以加藤為藍本塑造出來的叶巡璃，拱成讓人心頭小鹿亂撞的第一女主角。

「基本上，在角色定下來以前就這樣將髮型改來改去，能萌的也會變得不能萌啦。」

「呃，安藝，先不管你那些過分加三級的言行舉止，我覺得你不要拿我的頭髮玩過頭比較好喔。」

「把頭髮綁成馬尾巴的傢伙才有錯吧。人啊，看到長條狀的東西就會想拉喔。」

「就算你把那種無論怎麼想都屬於個人習性的特質，講得像是人類本能一樣也是行不通的喔。」

「還有，壞就壞在這撮頭髮長到可以拉。假如是短馬尾倒還能忍耐啦。我拉～～」

「唉～～」

是的，加藤目前的頭髮變成了長得恰到好處的細細一束。

這可真是好抓好拉又好梳，讓人忍不住想把玩。

「妳知道嗎，加藤？將頭髮從根部用指甲捏住一拉，就會拉出捲捲的弧度喔。」

「……先不管那些，安藝。雖然我好像又把剛才的話重講了一遍。」

「怎樣啦？」

「大家都在看這邊喔。」

「……咦？」

是的，我並沒有察覺。

「……把女生的頭髮當成自己的東西對待，這算哪招？」

「……那是自稱噁心御宅族的所做所為？」

「……就算是現充情侶也不會那樣丟人現眼啦。」

「…………咦？」

直到方才都還鬧哄哄的視聽教室裡，不知不覺就靜下來了……

「再怎麼說，我覺得那都超出大而化之的地步了耶。」

「拋棄倫理的倫理同學還有沒有存在意義呢？」

「總覺得很不爽，異常不爽。男女合校就是這樣……」

「等……等一下！我這是在——」

我這種好比小狗看見圓型物體的反射性舉動，被那些人誤解成現實男性的醜陋慾望，使她們紛紛對我投以糾舉的目光。

原來如此，原來冤罪就是這樣成立的……

當我正膽顫心驚的瞬間……

「唉～～算啦。這裡由我來設法好了，安藝。」

「加……加藤……？」

意外又意外地，這時候出面緩頰的，是理應和我一起淪為當事人的加藤。

她擋到了包圍我們的三個人面前，用一如往常的淡定視線對著大家，然後肅然開口……

「呃～～記得在這種時候，我是不是只要紅著臉大叫：『開……開什麼玩笑！誰想和這種人配成一對！』並且對安藝動粗就可以了？」

「啊～～那是澤村的角色呢。」

「對啊對啊，那是金髮混血落水狗的台詞喔。」

「為什麼要拿我當收尾的笑點啦！」

雖然搞不太懂，不過加藤幫忙將事情漂亮收尾了。

第一章　即使聲稱劇情從最初就**直衝高潮**，之後大多還會來一波**更誇張**的對吧？

「…………」

「…………」

整層樓排滿書架的廣大空間裡，只有少許人聲，以及紙張摩擦的聲音響起。

「…………」

「…………」

書架呈現的壓倒性數量，一層層的體積、高度、壓迫感。

還有塞滿架上，和輕小說及漫畫全然不同，顯得既樸素又厚重的眾多書背。

「…………」

「……那個，詩羽學姊。」

「怎麼樣，倫理同學？我在讀書時希望你盡量別找我講話就是了。」

「關於那點，我也覺得是自己不好啦……」

我一面懾於那種不容廢話的莊嚴氣息，一面朝著眼前坐在椅子上埋頭閱讀的書蟲，開了大約相隔一小時的口。

「所以學姊，妳打算在這裡待多久？」

「這個嘛，大概要等我讀完這部《司馬遼太郎全集》共六十八冊。」

「……總該是說著玩的吧？」

「唉，不然退個一百二十步，等我讀完頭一篇故事囉。」

「不要開那種或許勉強能實現的可怕玩笑啦！」

詩羽學姊那句不算窒礙難行的微妙發言，讓我背脊發冷，忍不住就罔顧周圍其他人的權益而大聲吐槽了。

「對啊，拚命讀的話似乎讀得完呢。畢竟這裡明明是書店，卻營業到晚上十一點。」

「就是啊，這裡是書店吧。是為了賣書而不是讓人白看書才營業的店家嘛。」

……誰叫我覺得在這種狀況下，正義應該和我同在。

池袋淳○堂（註：淳久堂書店）剛開門，詩羽學姊就殺進店裡，半本書也沒買地在三樓文藝區坐下來，一讀就是兩個小時。

在這段期間，我一會兒瀏覽書架上的成排書名，一會兒到別層樓探險，一會兒在店裡的咖啡廳用早餐，努力地消耗時間，等待她回歸現實世界。

可是我真的挺不住了～反正我就是被晾在一邊～受氣袋剛剛撐爆了。

「即使你那麼說，難道你不覺得擺了椅子像在表示『請隨意閱讀』的店方也有問題嗎，倫理同學？」

對啊，這類大型書店的服務充實度，真是讓人五體投地……好比他們被這種怪物顧客入侵也屹立不搖的大肚量。

「總之我們先離開一趟吧，快到午餐時間了。」

「真拿你沒辦法。那我把讀到一半的這本書買回去好了。」

「……希望妳一開始就直接用買的——這句牢騷我保留不講。」

就這樣，在秋意漸深的某個星期六。

我和詩羽學姊一早便約在池袋碰面，然後一起逛街……哎，雖然只去了一個地方就耗掉整個上午了。

「好了，我們走吧，倫理同學。」

「等……等一下，我要先整理包包。」

「受不了，明明你自告奮勇要提行李和出錢，結果在第一站就雙雙放棄了，真會吹牛皮。」

「因為我完全沒想到，學姊會在第一站就買下五本超厚又暴重的硬皮書……」

「沒辦法啊。我好一陣子都忙著執筆，根本抽不出空閱讀。」

前些日子，我為了慶賀劇本風光完稿，便問了一句：「學姊有沒有什麼想要的東西？」於是她提出的要求，就是在今天出來約……逛街。

「哎，雖然文學全集那樣的東西我送不起，不過接下來的午餐交給我吧。在『高中生的能力範圍內』，今天我會全心全意地付出！」

「也好。恭敬不如從命，你就在『高中生的體力範圍內』好好為我付出吧。」

「學姊是指提行李吧？是吧？」

這位女流作家，依然最愛用曖昧模糊的表達手法……

※　※　※

「久等了，那個……英梨梨。」

「好慢！妳拖什麼拖那麼久啦，惠！」

「……對一個在三十分鐘前還穿著睡衣，就突然被吩咐『來〇久堂本店這邊。詳細情形之後再說』的女孩子而言，我覺得這樣算很努力了耶。」

「即使妳那麼說，就因為妳晚到五分鐘，剛剛那兩個人都走掉了啊！」

「妳說的兩個人是誰？」

「聽了準備大吃一驚吧。就是霞之丘詩羽和……」

「啊～我明白。妳不用多說明了。」

「……總覺得妳每一句的語氣都好讓人介意。妳對我有什麼怨言嗎？」

「是心理作用吧？然後呢，他們走掉以後去了哪裡？」

「所以啦，我們今天的任務就是把人找出來嘛！」

「英梨梨，妳是不是想拖我參加一項相當麻煩的事情？」

※　※　※

中午的義大利餐廳裡，有人攜家帶眷，有的則是哥兒們或姊妹淘，也有情侶一塊來的，總之店內擠滿了各式各樣的顧客。

像這樣，在我抱著自信認為：「這絕對是和誰一起來都不尷尬、也不會出差錯的頂尖選擇！」而介紹了這家店以後……

「謝謝招待，倫理同學。」

「……粗茶淡飯，不成敬意。」

「你不用謙虛喔，因為我吃得很滿足了。薯條也滿能填飽肚子的。」

「謝謝學姊幫忙打圓場。我心裡或許寬慰了一點……假如我們不是來披薩店的話……」

「真意外，原來你挺重視面子呢。」

「如果沒有虧到這種地步，我並不會特別愛面子就是了……！」

結果，我們在喜〇披薩店（註：美國連鎖披薩店「喜客披薩」）拚不到三十分鐘，午餐吃到飽就在完全沒回本的情況下結束了。而現在，我和學姊又遊蕩於池袋的大街上。

「有什麼辦法呢？目前我重視知識慾甚於性慾和食慾啊。」

「不要若無其事地把奇怪的慾求藏在話中間啦。」

話雖如此，學姊並沒有對我挑選店家的品味傻眼，也不是菜色不合胃口，只不過是，她現在對用餐好像提不起興趣罷了。

畢竟當我好不容易將披薩端回來，學姊只表示「手會弄髒」，就一眼都不看地在桌上攤開剛買的書，並且視店內嘈雜如無物，又埋頭讀了起來……

而且她用餐時只拿筷子夾了炸薯條吃……請客請到這樣子的人真不盡興。

「……那麼，接下來學姊想去哪？」

「這個嘛，只要是不冷、安靜、能放寬心坐下來讀書的地方都可以。」

「對不起，拜託學姊不要將我當成不存在的人來對待。」

可是，再怎麼說總不能這樣下去。

照目前看來，詩羽學姊的滿意度似乎挺高的，我表達謝意的目的算是充分達到了，不過那並非透過我的努力，大多都要歸功於司馬遼太郎老師的筆力，感覺實在五味雜陳。

「啊，不然學姊要不要去看電影？」

「電影……嗎？」

就這樣，為了替自己多少爭取回一點主導權，我指向眼前的池袋○光影城（註：池袋陽光影城）。

在那裡，貼滿了一整片上映中的電影海報，而且過濾出御宅類作品後也還有幾個選項，播映陣容豐富得讓人感嘆不愧是陽○影城。

這樣的話，無論要滿足詩羽學姊的求知好奇心或兩人同樂，在雙方面都能得到及格分數吧。我覺得這是目前最好的選擇。

「也對，那或許不錯。」

我的評估似乎得到了背書，學姊朝整排海報望上一會，然後用比之前積極許多的口氣，對我的選擇表示支持。

「好，就決定看電影了！要看哪一部呢？其實我也有推薦的作品。從上週才公開的……」

「難得有機會，我想看看讓原作信徒哭天搶地的真人版電影。有沒有那一類的作品上片？」

「不要挑那種惡搞的片子啦。」

話說回來，這個人想滿足的到底是哪種求知慾啊……

※　※　※

「…………」

「……找不到他們耶。」

「奇怪了，明明絕對在半徑兩百公尺內的！」

「……在那個範圍內的人，我覺得會有幾萬個喔。」

「就算那樣，要找倫也應該一下子就能找到嘛……！」

「呃，為什麼？」

「因為……他……他特徵很明顯，或者應該說，他的御宅族力場太強了。」

「英梨梨，我覺得最有特徵也最好找的人是妳耶。」

「……不要管我啦。」

「對了，剛才我沒有問，不過妳事前沒接到消息，是怎麼發現那兩個人的？還不是在自己住的鎮上發現，而是在池袋這裡。」

「當……當然是碰巧遇見的啊。」

「碰巧啊……這麼說來，我們之前（第二集）在六天場購物中心也碰巧遇見過對不對？」

「……我討厭像妳這麼敏銳的女生。」

「咦？」

「怎……怎樣？我說真的嘛！不管誰要來質疑，我說碰巧就是碰巧……」

「欸，在那邊的，是不是安藝和霞之丘學姊？」

「咦？哪裡哪裡……？」

「妳看，就是在電影院排隊進場的那兩個人。從後面數過來大約第十個。」

「真……真的耶，妳好厲害喔，惠！每次都獨占鰲頭，還會裝得一副沒興趣的樣子讓對手大意。」

「呃～能不能改善一下這種把我當黑心角色的風氣啊？」

※　※　※

「雖然作畫和演出有可看之處，不過做為故事來看，實在有種抹滅不掉的畫蛇添足感。」

「會嗎？那個新角色不是可愛到爆嗎？」

「那是人設的功勞。以設定而言，她只是用來講述故事背後設定的舞台裝置，她那個角色，才是糟蹋了ＴＶ版名聲的罪魁禍首。」

「再說，最後一幕也非常打動人心啊。」

「那則是演出的功勞。以腳本而言明明了無新意，這部片子卻靠著畫面效果和配樂，營造出『雖然看不太懂但好像很炫』的感覺來撐場。」

「我覺得與其批評腳本不好，還不如坦然地稱讚角色和演出很棒，那樣對粉絲來說才會比較幸福啊。」

「那種盲目信徒遲早會讓製作者墮落喔。」

「即使學姊那麼說，我終究是負責消費的豬玀嘛。」

「你好歹也是準備將我的劇本作品化的總監，我可不想聽到那麼沒有擔當的話呢。」

「唔……」

就這樣，現在是電影結束的下午四點多。

假日下午的池袋，每間咖啡廳都客滿，我們勉強在椿○咖啡店（註：日本椿屋咖啡店）找到不用等位的座席，正彼此交換剛才看完電影的感想。

順帶一提，我們看的電影是《雪稜彩光劇場版》。

好求刺激的詩羽學姊曾經提議看風評遺憾的真人版電影，我一面抵抗其誘惑、一面設法推薦自己現在最想看的作品，最後就成功扭轉局面了。

……雖然說，結果我落到了像這樣縮著肩膀聽學姊狠狠批評及說教的下場。

「聽著，倫理同學。你要抱持著自己的眼光和勇氣，看了好的東西就說好，看了差勁的東西就說差勁。」

「眼光的部分我懂……勇氣是什麼意思？」

「比如你看了我的作品，要是覺得差勁就要勇於批判，不留任何情面。」

「……那樣做，學姊不會生氣嗎？」

「當然不會。讀者肯認真對我出意見，可沒有東西比這更加寶貴喔。」

「是……是喔……」

「哎，雖然我會鬧相當大的彆扭就是了。我有自信一個月不和對方講話，還有他的意見要是屬於無的放矢，我一輩子都不會再跟對方講話。」

「還是算了，那種賭局很恐怖耶。」

哎，不管怎麼說，這樣子總算比較像在約……逛街了。

畢竟直到剛才，我們兩個之間幾乎都沒有對話，狀況好比媒體感嘆的「近年來年輕人相處時只顧低頭玩手機且根本不講話的習氣」。

「好啦，那邊應該也到了冷靜下來的時候，我們差不多可以離開了。」

於是，我體會到的和睦氣氛不過片刻。

彷彿檢討會開完了一樣，詩羽學姊拿著帳單匆匆離席。

「啊，讓我來結帳……」

「不要擺闊。你原本沒有規劃要來這家店吧？」

「……相當汗顏。」

看來我點東西時朝著菜單愣住的反應，都被學姊看在眼裡。

的確，我原本是預定到克○耶或星○克或羅○倫（註：連鎖咖啡店CAFE de CRIE、星巴克、羅多倫）打發這個時段。

話說一杯咖啡要價千圓是怎麼樣……價位和我們之前用的午餐相去無幾耶。

「哎，反正我墊的部分，倫理同學你還是得加把勁彌補回來。」

即使如此，詩羽學姊好像還不打算讓今天的行程結束。

和上午埋首於書本時一樣，她仍帶著不顯得無聊的臉色和我聊天。

我對詩羽學姊那種和善的態度感到安心，同時也對剛才她說的某一段話，感到有點牽掛。

『那邊應該也到了冷靜下來的時候』……

學姊說的那邊，是指哪邊？

※　※　※

「嗚……嗚……嗚……嗚嗚嗚……」

「冷靜下來了沒？」

「唔……嗯，對不起喔，惠，讓妳看到我這麼不體面的樣子。」

「沒關係啦……英梨梨，妳感情好豐富呢。」

「誰叫……誰叫我沒想到，電影走的是麻里子結局……！」

「啊～最後那一幕，原來也可以那樣解讀。」

「公……公平都已經選擇要忘掉羽衣，積極地活下去了耶。既然如此，他身邊不就只剩從小一直守候在旁的麻里子了嘛！」

「……是這樣嗎？」

「就是這樣啦！太好了……幸好我沒有在ＴＶ版最後一集棄追……！」

「哎，不提電影了，那兩個人，好像快離開了耶？」

「現在《雪稜彩光》比較重要啦！我還沒有聊夠！」

「啊～～對對對，有青梅竹馬結局真是太好了。」

※　※　※

「那麼，今天辛苦你了。」

「學姊也辛苦了……呼～～」

「倫理同學，似乎連你也累了呢。」

「……最後逛的那幾間店，成了壓倒我的稻草。」

時間來到晚上七點。

地點在陽〇城（註：陽光城，位於日本東京池袋的複合式商業設施）的異國風味館。

當然，以預算而言是去不了觀景餐廳那邊，我們人在底下美食街的平價店面。

總之呢，我們正在一間還算親民的店裡，為今天的約……逛街舉行慰勞會。

「沒想到今天一天不只逛了文藝類，連御宅界都全包了……」

「所以我不是說了嗎？我現在可是求知慾的化身。無論圖像或文章，沒有將有趣的作品通通吸收到，我是不會罷休的喔。」

離開咖啡店以後，詩羽學姊的購物慾依舊無止盡。

虎〇穴、安〇美特和Ga〇ers，池袋現有的御宅界店鋪，她不分男性類、少女類、同人或商業領域，全部都逛了一遍，看到新刊（而且是從她與世隔絕的這幾個月來算）一律大買特買，還把所有行李推給我拿。

哎，雖然我們最初就是這樣約好的，即此如此，目前我雙手負擔的重量已經和去完Comiket差不多，現況讓人笑不太出來。

「話說回來，一部分用亞〇遜訂就好了嘛。」

「我和澤村不同，對那種購物方式沒辦法接受。要是不能親自將東西拿在手裡確認，總覺得就沒有興致買……這算不算寒酸性格呢？」

「哈哈……」

也對，以銷售量高達幾十萬冊的高中生作家而言，那種習慣倒也算是挺親民的。

還有她的比較對象連個人到家庭在內，無非都闊綽過頭了。

「哎，先不管那些，我想講的不只是今天，完成劇本真是辛苦妳了，詩羽學姊。」

「我才想道歉呢，花的時間比預期要久。」

「從學姊慎重的態度，可以感覺到內容確實值得一讀，不過要道歉應該是對町田小姐，不是對我啦。」

畢竟當興趣的同人作品要是延誤，幾乎都是責任自負所以怨不得人，然而當工作的商業作品

一延誤，我實在不敢想像會對做生意的企業造成多大影響。

在不死川書店編輯部擔任霞詩子責編的町田小姐，她那雲淡風輕的笑容背後，不知道耗掉了多少營養口服液、胃腸藥和杯裝泡麵……

哎，對方也從一開始就料到作家會拖稿，都預留了一定程度的緩衝期，並且提早施加催稿的壓力，所以算彼此彼此啦！

「不過，由於我這邊耽擱了，之後的作業肯定會讓人叫苦連天喔。主要是負責程式碼的你會受到影響。」

「正……正如我所願！」

沒錯，其實詩羽學姊的劇本確實耽擱到了。

畢竟我在上個月中旬問進度時，明明是「只剩終章而已」，到完成為止卻花了兩週以上。

於是乎，我也納悶終章到底寫得多長，結果將學姊最後交稿的劇本瀏覽過以後，就發現新增的文字量是4KB……換算成稿紙也不滿十頁的分量。

……呃，對創作者而言，用時間來估量分量是無意義的。否則在業界放眼望去，不合情理的狀況也實在太多了。雖然我不會舉具體的案例出來。

「總之，這樣我負責的部分就結束了。」

「嗯，以往真的很感謝學姊……」

「之後我也許沒辦法在社團露臉，畢竟還有小說的工作。」

「……這……這樣啊。」

聽到那句話，我發覺自己的聲調降到了谷底，態度露骨得可笑。

「再說，我也該考慮畢業後的出路了。雖然已經比其他人晚了很久。」

「…………這樣啊。」

又一波打擊，要想像自己逐漸黯淡的臉色，簡直容易得傻眼。

「哎，我姑且還有過去累積的成績，所以想試著將目標放在推薦入學就是了。」

「這……這樣啊，就是說嘛！憑學姊的成績，想招攬妳的學校應該多得數不完。」

然而，這會兒立刻提振起精神的自己太過現實，讓我有點自我嫌惡。

「目前的話，聽說同命大的推薦名額還有剩。指導老師告訴我，選這間大學八成不會錯。」

「同……同命大不是在關西嗎？」

不過，轉眼間我又被潑了冷水……

「還有一間則是早應大。而且讀這裡就可以從我家通學，滿讓人猶豫的呢。」

「唔……」

……聽到這裡，不用再懷疑了。

「……怎麼了嗎，倫理同學？明明快要到冬天了，你卻流那麼多汗。」

我被逗弄了。

「欸，倫理同學……你覺得選哪邊好呢？」

「選……選哪邊嗎？呃……」

「以文學院的等級來講，是同命大比較高。」

「這……這樣啊。」

「不過，要離開父母在外獨居也很麻煩。」

「對……對呀。」

「說是這麼說，我對於過自由自在的日子也不是沒有興趣。」

「咦……」

從剛才開始，我的情緒就起起落落，臉色一下子紅、一下子白；一會兒吞氣、一會兒嘆氣；頭垂了又抬、抬了又垂，而詩羽學姊用手托腮，眼睛始終往上瞟著我。

「欸，為什麼啊？你怎麼那麼慌張？」

而且，她的表情明顯就樂在其中！

※　※　※

「英梨梨，像這件怎樣？我覺得很適合妳耶。」

「……欸。」

「倒不如說，大部分的衣服都合適。畢竟穿的人有本錢嘛。」

「那個……」

「真的耶，妳皮膚白、髮色也亮、身材又苗條，幫妳打扮實在好過癮……啊，這件罩衫要不要也試試看？」

「喂，等一下啦！」

「啊，還是妳覺得現在試的這件比較好？」

「我想說的不是那些……欸，惠。」

「怎麼樣？」

「為什麼我們會在P〇RCO？（註：池袋的PARCO百貨）」

「去〇武（註：西武百貨）比較好嗎？」

「都說問題不是那個了嘛，我們在這裡做什麼啦！」

「不是來幫妳挑家居服的嗎？總不能老是穿體育服啊。」

「在妳悠悠哉哉地講這些的時候，已經把那兩個人跟丟了啦！」

「會跟丟他們，是因為英梨梨妳聊電影聊得太起勁……」

「哎喲，現在再計較過去也沒用。反正我們要回去找人才對。」

「也不用吧，今天是不是這樣就可以了？根本來說，做這種類似跟蹤狂的舉動到底好不好，這種最基本的疑問我已經先擱到一邊了。」

「妳在說什麼啦！放著那兩個人不管，誰知道他們會做出什麼！這是社團瓦解的危機耶？」

「所以囉，好像什麼也沒有發生啊。哎，僅限今天來講的話啦。」

「所以妳為什麼有自信那樣說嘛！」

「因為霞之丘學姐剛才傳了簡訊過來。字面上就像我剛才講的一樣。」

「…………什麼？」

※　※　※

「那……那個，詩羽學姊……」

「嗯？」

時間稍稍經過，來到晚上七點半。

換句話說，從我倉皇失措到冷靜下來只過了幾分鐘，地點和剛才一樣。

「我現在說的，只是希望學姊當參考意見就是了。」

「可以啊，說來讓我參考看看吧。當然這純粹是參考，要做決定的依舊是我。」

詩羽學姊捧著腮幫子望著我。而好不容易調整到能平心靜氣回望她的我，則是運作著團團轉的腦袋，緩緩地準備編織出自己的話。

……再怎麼強調「這是參考」、「這是個人意見」，但無論怎麼想，我要說的話都將影響一個人的將來，這肯定是意義重大的。

而且，假如那一個人與自己很親近，自己也十分重視那個人，就更不用說了。

倒不如說，雖然扯了這麼多藉口，感覺還是好沉重！儘管我知道這很沉重……！

「我覺得……選早應大比較好。」

「呼嗯。」

在我開口的瞬間，詩羽學姊的語氣和表情都沒有改變。

「呃，這終究只是我個人的意見，我覺得也要參考其他人的意見會比較好，況且比起我這種小鬼頭，還不如聆聽成熟一點的人有什麼意見……」

「為什麼你覺得選早應大比較好？」

「……如果學姊留在本地，就算變成大學生，說不定還是可以一起製作遊戲啊。」

詩羽學姊還是面色不改。

「學姊妳想嘛，聽說大學生基本上都很閒啊。而且妳讀文科，又是進文學院，不知道平常會需要忙什麼。」

不過，這次她什麼話也沒講。

「再說學姊手上已經有工作了，也不需要求職，四年的期間裡只要把小說寫好，剩下的時間就可以玩了。」

她只是靜靜地望著我的臉，傾聽著我的話語。

「……當然啦，要是學姊表示不想再跟我合作，那我也只能退讓了。」

那大概是因為，她想將我看透。

「萬一那樣的話，今年或許就是我們最後一起做遊戲了，雖然到最後，說不定會走向那樣的結果。」

所以，在這種時候，我要用毫不虛飾的真誠話語來面對她。

身為信徒、身為學弟、身為社團伙伴、身為創作者的真誠話語……

「即使如此，要我自己拋棄可能性，我做不到。」

像這樣，在來自各種立場的感情翻攪之下，我只選了這樣一句，可以抬頭挺胸保證絕對不會錯的話，告訴學姊。

在我把話說完以後，片刻之間，詩羽學姊仍不改托腮的姿勢，只是靜靜地望著我的眼睛。

然後，她總算換了姿勢，先是把手臂擱到桌面，再用手臂枕著臉，顯得想睡的一雙眼睛往上朝我瞟來……

「……我沒想到自己會被追求得那麼直接呢。」

「學姊那樣解讀啊……」

這一位依舊是用破天荒的角度，來解讀我的發言。

……哎，雖然我承認自己說的內容和語氣，並無法撇清她那種看法。

「雖然大義名分聽起來略嫌礙耳，不過你算答得相當盡力了。或許可以誇獎你一下。」

「謝謝學姊賞識。」

於是，詩羽學姊的感想就這樣結束了。

結果她並沒有告訴我，她對我的「參考意見」有什麼個人見解。

唉，雖然我有心裡準備了啦。

畢竟自己面對的，是最喜歡讓登場角色每每開口都意有所指的打啞謎作家——霞詩子。

「那麼，就給你獎勵好了……雖然換個角度看或許也是懲罰。」

在詩羽學姊繼續開口的同時，她從口袋裡拿了某項東西擺到桌上。

「這個是什麼？」

那是一支沒有任何裝飾，款式簡樸的……ＵＳＢ隨身碟。

「真實結局線的第二稿。上次劇本交稿以後，我幾乎將內容全面翻修了一次。」

「什麼……？」

然而，裝在那裡面的東西相當複雜，還塗了重重迷彩……應該說根本是炸彈。

「這是我們……我們遊戲中的，另一個可能性。」

「學……學姊……？」

「倫理同學，我希望讓你來選。初稿和第二稿，哪一邊有趣、哪一邊會被接受、哪一邊能夠大賣。」

而且，將那託付給我的詩羽學姊，表情同樣相當複雜，也塗了重重迷彩……簡直猜不透。

「最重要的是，倫也學弟，你喜歡哪邊？」

第二章　作者自己完全沒想過的**故事空白處**被拿來**激辯**，心裡會有**疙瘩**耶

「唔～按了好幾次電鈴都沒有人應門耶。奇怪了，說好今天十點鐘在安藝家集合的吧？」

「該……該不會從昨晚就沒有回家吧？所以這個時候，他人正在飯店房間喝早晨的咖啡？」

「我說啊，英梨梨，想像力豐富對作家來說或許是資產，不過要應對那些妄想就有點傷腦筋了，應該說讓人滿吃不消的。」

「總……總之，我們去倫也的房間看一下啦，惠。」

「趁人不在家時擅自進去，實在不太好吧？」

「只是確認他是不是真的不在而已啦。基本上我們現在要是回去，會困擾的可是那傢伙喔。畢竟進度都快要出問題了。」

「也對……那我去拿鑰匙喔。」

「等一下，惠！妳什麼時候知道鑰匙藏在哪裡的？難……難道妳在半夜瞞著伯父伯母，偷偷跑來好幾次了……？」

「……我在前面第三句的台詞，妳有沒有聽進去啊？」

※　※　※

「嗚……嗚嗚，噫……嗚……嗚……嗚啊……！」

「…………」

「……呃～」

因為如此，在秋意漸深的某個星期日。

說穿了，這天就是昨天（第一章）的隔天。

「嗚嗚嗚嗚嗚……嗝……唔……唔哇啊啊啊……嗨，妳們都來啦？」

「要哭還是打招呼，你選一邊好不好！」

「呃～早安，安藝。關於你大概沒睡這點就先不管了。」

門一打開，當英梨梨與加藤進來房間時，我正巴著電腦螢幕不放，兩眼還因為熬夜和痛哭而變得又紅又腫。

「唔……嗚嗚嗚……原……原來已經到集合時間啦……不好意思，我沒聽到妳們按電鈴。」

看來，由於我從昨晚就沉浸在洋洋字海，聽覺和時間感都變得不靈光了。

「所以倫也，這到底是什麼狀況？」

「抱……抱歉，我有點感動過頭了。」

「感動什麼？難……難道你是回想到昨天在池袋〇子飯店（註：池袋王子飯店）度過的一夜……」

「英梨梨，連地點都鎖定的話，迴力鏢會飛回來喔。」

「不是啦，妳們也來讀讀看，這篇貫注靈魂的劇本……！」

話說完，我向理所當然地露出納悶臉色的兩人，指了自己之前一直盯著的，枯燥而滿是文字的畫面。

……至於池袋王〇飯店或迴力鏢之類的聳動字眼，我全當成沒聽清楚。

※　※　※

「……這什麼啊？」

「……唔哇。」

然後過了三十分鐘。

她們兩個讀完我指的文字檔以後，就和我最初讀的時候一樣，目瞪口呆地看了過來。

「如何如何，超棒的對吧？這就是悲戀傳道師、感傷催淚彈作家——霞詩子亦即詩羽學姊挖空心思才寫出來的……」

「劇情發展根本變得和之前的劇本不一樣了嘛！」

「把那些忍一忍吞下去，先對內容的水準感動一下啦！」

「嗯，或許滿讓人感動的啦！只要我不是負責這部作品的原畫，腦海裡也沒有浮現事到如今才要增加或變更的原畫張數就好了！」

於是，英梨梨讀完我指的文字檔……也就是詩羽學姊昨天忽然交的劇本第二稿以後，她頓時為了離交稿送件剩不到一個月，卻分量暴增的工作感到頭痛。

唔～雖然我希望她別將眼光放在那些周邊因素，先用淡定的心來看待這部神劇本……

「這好有趣耶……一開始的版本也很棒，不過這同樣超有趣的喔。」

「加藤？」

然而，對那些周邊因素十分陌生，應該說，連自己接下來會遭遇什麼狀況都不了解的「第一女主角」，反應卻顯得……

「明明只有文字，讀著讀著，圖片和配音好像都會自己浮出來。最後那一段，讓我稍微起了雞皮疙瘩喔。」

「是嘛是嘛，就像我說的對吧？妳也有同感對不對，加藤！不愧是天選的淡定之子！」

「……我覺得世界上沒有女孩子會高興被那樣稱呼耶。」
呃，加藤只有質疑我的態度，對於詩羽學姊這份劇本的意見，她還是舉雙手贊成我的。
沒錯，詩羽學姊的修正版劇本，真的就是有趣得不管重讀幾次都會讓人由衷掉淚。
「這個版本，有變動的部分幾乎都在最後對不對？可是讀起來完全像不一樣的故事耶。」
「就是啊……那同樣是學姊厲害的地方！」
雖然修正量確實很大，不過修正的部分，大多偏重在最終章的後半部以及尾聲，範圍絕不算廣。
然而，學姊卻能讓我們感受到和劇本初稿的壓倒性「差異」，手法叫人不得不咂舌讚嘆。
和初稿相比，說起來雖然不太好聽，但我之所以會對第二稿更加感動，或許就是因為學姊用了與故事稍稍脫鉤的手法，來將內容「兜攏」。
畢竟這些內容，改編得實在絕妙。
儘管劇情發展大幅改變，從序盤就一點一滴埋下的伏筆，仍然和初稿一樣全部用上了。
而且，伏筆的回收方式並不是完全相同，還微妙地改變了解讀的角度。
……呃，靠我笨拙的表達能力可能無法說明完整，不過舉個例子好了，女主角在序盤曾經講過：『沒關係，誠司，會有辦法的。是你的話。』
然後，到了末尾的高潮，女主角同樣會說到相同台詞，但是在初稿中，那個場景是她希望和主角一起活下去的台詞，在第二稿卻變成了她袒護主角而自我犧牲的台詞。

像這種讓世界觀整個翻盤的解讀差異，分布在劇情的各個角落，統整性和有趣度又都保持在原有水準，改編技巧神到讓我冒出一個吃人不吐骨頭的主意——「乾脆先用初稿發售，然後把第二稿當作導演剪輯版回鍋再賣不就好了？」

由於內容實在太高超，感覺簡直像從序盤的階段，就已經設計成可以用兩套觀點來解讀這個故事了……呃，總不會吧？

「可是倫也，這樣真的好嗎？」

「英梨梨……？」

然而，把學姊捧得像神的我正笑得一臉淫蕩……呃，笑得像福神一樣時，英梨梨卻用了略顯冷靜、略顯不甘心，也略顯過意不去的語氣對我開口：

「雖然惠也有提到，不過這個版本，會讓作品從以往到現在的解讀方式都改變喔。說不定連劇本的主題也變了一百八十度。」

「……嗯。」

「還有，圖片的部分感覺也不是只改末尾就好。說不定連序盤用的角色站姿圖的表情，都要加上修正才可以。」

「…………也對。」

「更重要的是，真實劇情線的女主角變了。」

「…………………我明白。」

是的，簡單來說就是這麼回事。

劇情改編得未免太神了。

「咦？會嗎？我覺得和之前一樣，巡璃看起來才像第一女主角耶？」

「……嗯，加藤說的沒錯。」

「就是啊，惠說的肯定也對。」

「？」

學姊的改編，就是神在能夠催生出這兩種解讀方式。

換言之，遊戲變成了第一女主角劇情線，以及真實劇情線個別分開的結構了……

坦然將焦點擺在角色身上的人，會覺得身為第一女主角的巡璃劇本是這款遊戲的主幹。

然而，像我和英梨梨一樣，曾拚命深究或考察過美少女遊戲的人，就會看出身為幕後女主角的瑠璃劇本才是這款遊戲的本質所在。

「啊啊，真是，這股失落感、這份惆悵，卻能帶來這種爽快感……聞都可以聞出霞詩子在寫《戀愛節拍器》時的味道。」

「我看妳果然也是霞詩子的粉絲吧，對吧？」

「真是敗給她了，推出這種作品，一有閃失就會變成完全由霞詩子獨秀的遊戲……柏木英理的色彩根本會被徹底抹煞掉。」

「這樣一來，妳就不能偷懶了呢。」

「我本來就沒有打算偷懶。」

換成平常，我會在這時候吐槽：「不，柏木英理的色彩太濃厚會變成十八禁啦！」但是我不會那麼不識相。

畢竟，英梨梨平時對詩羽學姊的作品無論如何都會嫌個兩句，既然她現在變成認真給予讚賞的創作者，我要是不認真回應她可不行。

「所以囉，在進入今天的作業之前，我想找妳們做個表決……可以嗎？」

隨後，受到我那口氣認真地擠出來的語句影響，房間裡閃過一陣緊張氣息。

穩穩當當地走扎實王道路線的初稿。

彆扭卻有深度，以作品而言具強烈色彩的第二稿。

不管走哪條路線，對製作方來說大概都會是一場硬仗吧。

而且，不管走哪條路線，那肯定都會成為驚人的作品。

即使如此，我們非選擇不可。

一旦決定以後，就得和那份劇本共存亡。

所以，此時此刻，我們的方針即將拍板敲……

「當然不可以。」

「咦～～」

……敲不定。

「讓截稿前夕的原畫家參加那麼沉重困難耗能量的決定，你有沒有身為製作人的自覺啊？」

「可……可是一直以來，大家一起思考、一起決定、一起克服，才像我們『blessing software』的作……」

「不對，唯獨這次該由製作人及總監來決定。而且，社團成員應該默默接納其選擇。」

「妳說製作人和總監……」

意思就是，要我一個人設法處理？

「假如硬是要多找一個人參加決策，也該找寫出故事的本人……話是這麼說啦，今天似乎看不見她嘛？」

「那是因為……學姊的工作已經結束了，而且小說的截稿日好像也死線在即。」

「……明明就有空一整天和男人打情罵俏。」

「妳不要造謠造得像是親眼看過一樣！」

造謠的吧？沒親眼看到吧！

「無論如何，霞之丘詩羽不在場，意思就是由你全權決定吧。既然這樣，你就應該盡自己的責任啊……『倫理同學』？」

「唔……」

英梨梨那樣回絕我，絕不是出於不負責任的心態，這我明白。

何止如此，她正是體認到這項決斷具有重大的意義以及責任，才會自願退一步，這我也明白。

所以，儘管她的決定值得尊重。

結果到最後，我的退路就被徹底阻絕了。

……我指的當然是社團方針喔。

除此之外才沒有什麼需要抉擇的喔。

※　※　※

「欸，安藝，我可不可以下載大一點的檔案？」

「只要不違反社會秩序和善良風俗就好。」

「沒問題啦，反正是登錄在你電腦書籤裡的網站上放的檔案。」

「妳那是什麼類似病嬌女友對男友行為逐一監視的舉動？」

她們倆到我家以後差不多過了幾小時。

用完午餐後的悠閒時光，傳來了加藤那輕鬆的……應該說閒得沒事做的發問聲。

書桌那邊，則有飯後休息點到輒止的英梨梨，正在與繪圖板搏鬥的規律聲音響起。

在這種情境下，我一面回答加藤那毫無緊張感的問題，一面用目光在手裡拿著的兩疊紙之間來來回回。

是的，我在看詩羽學姊那兩份結局相異的劇本。

「唔～……」

「奇怪？這個要怎麼樣才能安裝啊？」

「解壓縮以後的資料夾裡面，會有個名稱叫『請先閱讀』之類的純文字檔吧。」

「啊，真的耶。謝了，安藝。」

「唔～～唔～～……」

被英梨梨棄之不顧……呃，受她信賴，而被委以全權選擇劇本決定稿的我，已經像這樣子嘟噥一小時以上了。

「好，安裝結束。然後，啟動是按……」

「大部分情況，都是連按兩次副檔名為exe的那個檔。」

「啊，標題畫面出現了……安藝你真厲害。」

「嗯～嗯～嗯～……」

而且，在我絞盡腦汁時，還是會一一回應加藤嘀咕的問題，因此無論是思索、考察或決斷都全然沒進展。

哎，但是也不能拿這些來怪加藤。

畢竟讓加藤閒成那樣的人，就是我。

我不決定方針，程式碼作業便無法開工，加藤自然就閒下來了。

而加藤一閒著，為了消磨時間就會像倉鼠一樣動來動去。

她動的越多，我吐槽的也越多，於是我在思考時就卡住了。

「嗯～嗯～嗯～嗯～……」

「欸，倫也你很吵耶！」

「加藤講話講得比我更多吧……」

「正常講話就算了，你那種無意義的雜音會讓我很介意。」

「啊，那我可以懂耶。明明電視開著照樣能入睡，一聽到蚊子飛的聲音就完全睡不著了。」

「噢，對對對！還有打呼聲也是。像那種聲音就算再怎麼小聲，一開始介意就沒救了！」

「所以拜託你閉嘴。」

「……好啦。」

結果就會讓英梨梨不耐煩，變成惡性循環。

因為如此，為了極力克制住嘟噥的聲音，我足足深呼吸三次，然後再度跳入文字的汪洋中。

我逐漸回到從深夜到凌晨間，連電鈴聲都進不了耳朵的那種境界。

……嗯～嗯～嗯～嗯～嗯～

即使像這樣專注地重新審視，初稿和第二稿的完成度之高，還是會讓我在無言中繼續嘟噥。

由於有初稿做為預備知識，所以讀第二稿的衝擊會特別強，假如將閱讀的順序反過來，感想大概也會跟著反過來才對。

兩種版本就是這麼出色又有趣，簡直難分軒輊，而且還互相影響。

「對了安藝，你覺不覺得今天的英梨梨有哪裡不同？」

「什……等一下，惠？」

那麼，我該用什麼當標準來選？

要問到哪邊比較萌，那就是初稿。

要問到哪邊比較催淚，則是第二稿。

以整體均衡度而言，初稿終究比較強。

真實劇情線飆得最過癮的，肯定屬第二稿。

「你看嘛，英梨梨以前來這裡時，都是穿體育服對不對。不過今天稍微經過版本升級，或者該說是產品更新……」

「不……不可以啦——！說好今天不提那些的！」

讀完第二稿以後，會覺得初稿的故事有些淺薄。

有趣是有趣，不過發展缺乏意外性，要說是大眾化取向，或者內容清淡嗎？

至於在讀完初稿後，第二稿的故事確實有深度有底蘊，讓我覺得很出色……

可是冷靜下來一回顧，內容就顯得偏頗不好懂，原本這款遊戲的立意，在於「將第一女主角描繪得充滿魅力」，這個版本卻微妙地走偏了。

對，第二稿就像英梨梨說過的，是「鋒芒畢露的霞詩子」。

「不過英梨梨，昨天好不容易費心選的衣服，妳不想聽點評語嗎？」

「向迷二次元的噁心阿宅問衣服感想，只會讓彼此都不幸嘛！而且因為是由妳來選的關係，才會買到這種個性不鮮明的普通洋裝。」

「……受託幫忙挑衣服卻被講得這麼狠，還有到最後妳依然最重視個性，讓我有種雙重微妙的心情耶。」

沒錯，我確實是霞詩子的重度粉絲，而且也是《戀愛節拍器》的超重度書迷……

但我在遊戲中追求的，是那種鋒芒畢露的霞詩子嗎？

「安藝？」

「…………」

我得再一次回憶自己當時的心情。

那時候我追求的，是不太萌的加藤……呃，我是指特徵薄弱的女主角。

再加上柏木英理筆下細緻可愛，帶點煽情而且萌到爆的角色。

還有能讓那些可愛的角色碰上一點苦頭，同時又貫注了靈魂進去，使她們俏皮、惹人憐愛、出現在眼前就會忍不住想緊緊抱到懷裡的，霞詩子的文筆。

應該要像那樣，由大家合力實現我要的理想、萌、嬌羞、哭泣、笑容，才算「blessing software」推出的故事吧……

「………………………喝啊啊啊啊～～！」

「英……英梨梨？」

「唔哇——！怎麼啦怎麼啦怎麼啦～～？」

帶有離心力的金色掃帚，朝著一頭熱地栽進苦思的我甩了過來，將我手上的整疊紙張陸續掃掉了。

……好久沒被雙馬尾來回賞耳光了耶。

※　※　※

「妳一邊叫人別打擾自己工作，居然還來妨礙我工作……」

「吵死了！」

等我總算將房間裡飛散的紙張撿齊，然後重新面對身為加害者的英梨梨，這傢伙仍絲毫不顯愧疚……感覺好像也不是沒有，她露出略顯尷尬的臉色，當著我面前斜斜地別開目光了。

「所以，妳想怎樣？」

「哪……哪有怎樣……」

「妳不是有事叫我嗎？講啊。」

「……我們剛才說的話，你該不會都沒聽進去吧？」

「剛才我太專心了啦，想得太深刻了啦，都是因為某人叫我要盡責任的關係啦。」

「唔……」

「所以不好意思，麻煩妳從頭講一遍。有什麼事？」

「呃……嗯～～嗯～～」

「正常講話就算了，無意義的雜音會讓人介意吧。」

「唔……惠～～」

於是，英梨梨剛才的氣勢都不知道哪裡去了，整個人軟化下來，還頻頻瞄旁邊。

而旁邊則有一面貼在電腦前按滑鼠，一面回話的……

「啊～～抱歉，英梨梨，現在暫時不要找我講話。」

「惠？」

加藤正在拚命玩剛下載的體驗版遊戲。

反應淡定得不像剛才還跟英梨梨鬧來鬧去，只專心看著單調的電腦畫面。

嗯，真的，對於這傢伙空氣化的技能……呃，看場合的技能，總是讓我感到無言……呃，感嘆不已。

「啊～～那個～～簡單說，一言以蔽之，只講結論的話呢……」

「我倒覺得，妳從剛才就只剩結論還沒講耶。」

「唔～～……」

如此這般，失去同伴相挺的英梨梨，態度徹底萎縮了。

到底是想說什麼，才會變成這副模樣？她的額前浮現大粒汗珠，頭低低的，還忸怩地用手抓著裙襬，而非平常那套體育服……

嗯？等等？

「這麼說來，英梨梨……」

「怎……怎樣？」

「在我沒注意時，妳跟加藤變得很要好耶。而且不知不覺中妳們就用名字互稱了。」

「……………………那已經快一個月了啦。」

啊，感覺她忽然鎮定下來了。

「是喔？不過這樣很好啊。畢竟妳們初次見面時，對彼此的印象好像都挺糟的。」

「感覺有必要驗證一下是出自誰安排才變成那樣的就是了。」

「但這樣子，加藤總算就從『同班同學Ｂ』榮升為『英梨梨的朋友Ａ』了……」

「降級了啦，那樣算降級。」

呃，先撇開對話的內容，看來我在這個不容失敗的場面，似乎順利選中讓友好度提升的對話選項了。

很好很好，以往玩美少女遊戲的經驗果然沒有白費。

「好啦，先不管那些，英梨梨，以後也請妳跟加藤好好相處……咦，奇怪？」

「哎喲，這次又怎樣啦？」

「這麼說來，妳今天穿得像加藤一樣普通耶。」

「時間差攻擊？」

我之前根本沒注意到，不過英梨梨今天穿的是露肩的七分袖洋裝，打扮起來稱不上大小姐也稱不上繭居族。

這傢伙穿裙子在我的房間出現可是頭一遭……不對，大概相隔八年了吧？

「這……這是……那個……昨天，我和惠在池袋的P〇RCO……」

「哦，妳居然會去PA〇CO，還真稀奇。妳只穿過訂製的衣服和學校指定服裝吧？」

「所……所以……那個……這也算是……我第一次自己選的衣服。」

「哎，反正是靠加藤的品味選的吧？畢竟套在妳身上明顯很普通。」

「適……適合我嗎……？」

「與其說適不適合，滿像普通的三次元美少女啦。」

「美……美少……所……所以，你的意思是……」

「英梨梨？」

「就表示，就是……那個！」

於是，在我隨口一句感想，讓英梨梨莫名其妙地逼到我面前，彷彿要一把揪住我的瞬間……

「來、來一下！你們倆都來看看這個！」

「加藤？」

唯獨今天，難得連加藤都不懂看場合，彷彿要一把揪住我似的闖了過來。

「唔，惠！妳為什麼在重要關頭來攪局……！」

「因為……因為……這個……是出海學妹的圖耶……？」

「……咦？」

「……咦？」

然而，我受的驚嚇在轉眼間，就被加藤接著說出來的話掩蓋了……

「不會錯喔，這款同人遊戲的體驗版……用的是波島出海學妹的圖耶。」

說著，加藤指的螢幕上，正秀出一張少女穿著和服翩翩起舞的夢幻ＣＧ。

那張ＣＧ無論是在造型、用色，還有繪製角色的精美可愛度，都超乎同人水準，一眼就可以看出其氣勢雄厚。

可是我現在，並不是被畫面中央吸引住目光。

「出海……為什麼？」

我注意的是小小地寫在畫面右下角，明明是同人社團出的卻以商業作品自居，打著「©rouge en rouge」名義的著作權標記……

第三章　這兩個人之後會**大出風頭**喔。我說真的喔。

「嗨，好久不見呢，倫也同學……還有柏木英理老師。」

幾小時後。

「這什麼狀況啦……？」

「總覺得那是我們要說的台詞耶。」

來到十一月，過了五點周圍立刻就蒙上一股昏暗。

在那樣的傍晚，從夏天以後就沒見面的我們也為重逢而慶幸……

「為什麼來的不是出海，而是你啊……伊織！」

……根本沒有什麼好慶幸的。

那裡離我家很近，是以前我就讀的嶋村中學附近的一處小公園。

而且，也是我和睽違三年搬回來的學妹歡喜重逢的地方。

「這還用問……倫也同學，當然是因為你找我過來的關係啊。」

「你把出海怎麼樣了？我才沒有找你！」

「不，你聯絡的是我們社團用的信箱吧？」

「可是我在郵件內文寫了『波島出海小姐啟』！」

「會先過目那些的，顯然是身為網站管理者的我耶。」

「你說什麼？你那社團不會將粉絲的郵件轉交給創作者嗎！只要不是垃圾郵件或黑函或網路跟蹤狂或網路社群遊戲用一張八千圓的賤價委託插畫把郵件確實轉交給本人應該是同人社團代表該有的矜持吧！」

「停一下停一下，倫也。」

「呃，倫也同學，我們現在又不是在談那些……算了。」

當著我和英梨梨面前，嘻皮笑臉地表現得毫不內疚的那個傢伙，名叫波島伊織。

社團「rouge en rouge」代表，前同班同學兼同人投機客。

比我高、比我善辯，也比我稍微帥一點。

諸如輕盈髮型外加哭痣，這個死現充全身上下的配件都搭得十分精明，實在不像是和我同等級的御宅族。

……同時，他也是我真正想見面一談的對象，波島出海的大哥。

這是大約三個月前的事。

我，或者應該說我和英梨梨，跟三年前搬到名古屋而分隔兩地的某個學妹重逢了。

她的名字是波島出海。

比我小三歲，又很黏我，而且是受了我的影響才涉足御宅界。

如今更是新進的同人作家，細水長流地將創作當成興趣。

我在夏COMI接觸到出海的同人誌，並且對她的潛力感到驚訝、畏懼、感動……

因此，我想讓她的社團及作品盡可能被更多人看到，就拚了命地幫忙宣傳。

然而很少人知道，在那段酸酸甜甜、為榮耀奮鬥的開心時光背後，其實有黑暗而現實的挖角工作在進行著。

出海的哥哥，一樣睽違三年才回到這裡的波島伊織，動用本來就有的人脈、野心及掌握人心的技巧，不知不覺中就將超大規模的閘口社團「rouge en rouge」納入了自己掌中。

而伊織的目標，是研發「rouge en rouge」第一款同人遊戲軟體，並且挖角獲得新的招牌繪師——柏木英理亦即英梨梨。

沒錯，那顯然和我們「blessing software」走的是一模一樣的路線，而且，用意彷彿在於擊潰社團規模遠遜好幾級的我們……

「哎，反正照郵件看來，『rouge en rouge』在冬COMI的新作體驗版，你們似乎早早就玩過了。謝謝你，倫也同學。」

「伊織……！」

那時候，由於英梨梨拒絕，我還以為伊織的野心已經告吹了。

「哎呀，迴響比我想像中還大呢……體驗版的下載數已經超過一萬，儘管只有短瞬，不過也上了熱門搜索關鍵字，至少起步算是挺不錯的吧。」

如今到了冬COMI前夕，那幽暗的野心之火，卻忽然噴湧出特大級的冷酷火柱了。

而且，他是透過將自己妹妹當成新祭品……就任社團的招牌繪師。

「哎，我本來有點擔心，傳奇故事AVG在這年頭還會不會被接受就是了……看來把催淚要素、熱血劇情和萌點都加足的經典人氣類別，依然有跨越時代的強勢之處吧？」

《永遠及剎那的福音》

在離奇命運擺弄下，重複轉世，數度相戀。

一對被拆散好幾次的男女間，關於愛、戰鬥、生離死別的故事……

那就是伊織首次製作同人遊戲的內容概要。

「……你是什麼意思啊！」

「我在夏天時也講過不是嗎——來較量吧。」

「就算要和我們比，你也不必做得這麼明顯吧！」

「有那麼明顯嗎？」

「別跟我說這是巧合……你知道我們製作的遊戲內容吧？」

「因為你並沒有隱瞞啊，倫也同學。你從夏COMI時就一點一點地放風聲了。」

「唔……」

要說作品類型、風格，一切的一切都是巧合，也未免重覆得太刻意了。

這傢伙，完全是來「打對台」的……

「唔……呃，我先退一百步，不對，七兆步，那部分之後再來理論。」

「你用的數字依然很宅呢，倫也同學。」（註：七兆步一詞，是出自戀愛遊戲《如落櫻繽紛Cherry petals fall like teardrops...》）

即使如此，現在不是計較那些骯髒計謀的時候。

我該生氣的並非這傢伙的目的，而是手段。

「你不要將出海捲進來啦……」

……一個耿直，才剛發芽，然而卻具備無比才華的女孩子，理應會有綻放著猶如玫瑰色的未來。

「她有無窮的可能性不是嗎……多給她一些自由，花時間慢慢茁壯……好痛？」

……奇怪？我的小腿肚，剛剛怎麼好像有被人用腳尖踹的感覺，是心理作用嗎？

「嗯？怎麼了嗎，倫也？」

「沒有……」

回頭看去，腳能伸到我這裡的範圍內只有一個人在，但是那個嫌疑犯把臉轉向旁邊，不改其明顯可疑的態度。

……呃，要裝蒜也認真點好不好？

「當時你不是說過，出海在這個圈子不會和你牽扯到關係嗎？」

說著，我設法挽救了瞬間虛掉的氣勢，再次將強烈譴責的眼光和語句拋向伊織。

「你不是說過，唯獨不會讓出海，捲入你那醜陋黑暗又差勁的野心嗎？」

是的，其實在最後這一條底線，我本來還是信任這個前好友的。

的確，他是不惜為了名譽、名聲、名片，而用上任何卑鄙手段和金錢和人脈的傢伙，不過那只有在對方也是惡徒的時候。

明明只有那一點，我還是願意相信他的……哪怕他已經嚐遍了過氣的女Coser、聲優志願者和描圖作家……啊啊啊啊啊，這傢伙果然超讓人火大！

「……不，我想我並沒有做出你想像（獨白）中那麼過分的事耶。」

「有空讀別人的心思，你還不如替自己找個藉口！」

……看吧，這傢伙掌握人心的技巧是不是不可小覷，對吧？

「呃，我是覺得出其他類別的作品也可以喔。不過你想嘛，終究要把主力成員的創作意欲擺第一才行。」

「你指的……是寫手團隊嗎？」

「不對，其實是出自原畫家（出海）的意願……」

「什……」

「害我忙壞了呢。被迫在這麼短的期間內，要找到能為傳奇類遊戲執筆的寫手……結果呢，我就將知名遊戲社團的劇本團隊整個挖角過來了。」

「你……你不要胡扯喔！」

「即使我卑鄙的話說得再多，唯獨不會說謊，這是我自豪的部分。」

「你明明就騙了出海，讓她對你唯命是從！」

「錯了，真的是出海主動向我要求的……她說希望用相同的條件和你們對抗。」
「為什麼！出海怎麼會說那種話？」
「因為不這樣做，我就不能和澤村學姊對抗了……」
「咦……？」
對於問題的答覆，並不是出自伊織口中，而是從他身後……
被群木環繞的樹叢裡傳來的。

※　※　※

「出……海？」
樹叢裡，彷彿由綠蔭底下幽幽冒出來的那道身影，和我對她認識的形象並不一樣。
但即使如此，可以相信那道身影，肯定就是我所認識的波島出海本人。
儘管語氣稍微經過收斂，從那略尖且有些咬字不清的嗓音，要認出她已經足夠。
況且，個子嬌小的她，唯獨某個部位（胸部）格外有分量。
真的，光就這部分，她應該算得上同人插畫界的列強之一。

至少靠我們社團的原畫家，就完全拚不過。

不過，現在並不是讓我對那鐵錚錚事實抱憾的時候……

「好久不見，學長……」

我差點，被她那種和夏天時相去甚遠的氣質吞沒了。

首先勾住我目光的是外表。

和夏COMI時，那套簡樸中透露出嬌憐及活潑的服裝互為對比……應該說，明顯從角色類別就徹底轉型了。

她穿了一套鑲滿蕾絲和荷葉邊，明明全身黑卻華麗亮眼的衣服，頭髮也綁著花俏緞帶，而且連鞋子都有裝點……

從頭到腳，如假包換的歌德蘿莉少女就在那裡。

還有，過去一看到我就會叫著「學長～」然後全力衝過來，那種黏人系學妹的言行舉止也都不見蹤影了，她賢淑端莊、面無表情地緩緩走向我這邊。

我陷入錯覺，彷彿白天時活潑的出海就此消失，從薄暮之門走出了另一個名叫「IZUMI」的黑惡魔少女，並且寄於其肉體降臨於世。

所以，被那漆黑氣息吞沒的我，隨即……

「嗨～～好久不見呢，出海！過得好嗎？抱歉喔，從夏COMI以後就一直沒聯絡。哎，我這邊實在很忙！」

「哪會啊！學長才沒有錯！是我久疏問候才對！」

「怎樣？妳對這邊的生活差不多習慣了吧？有沒有交到一堆朋友？」

「討厭啦，學長，我到三年之前都還住在這裡不是嗎？不會到現在才出現不適應的問題啦～～」

「啊，說得也對喔，哈哈哈哈。」

「哈哈哈哈哈，討厭～～……不對啦，學長！」

啊，她果然是正牌的出海。

「不是那樣的，學長……我已經不是倫也學長認識的波島出海了……」

然而，一瞬間幾乎露餡的出海，立刻又擺回冷淡文靜的態度，眼光有些哀傷地對著我。

「所以出海，妳之前幹嘛特地躲起來？我還以為自己被忽略了，打擊很大耶。」

「哪有！我才不可能無視倫也學長！只是因為……哥哥他跟我說：『主角要之後再登場喔。』」

「主角？誰啊？」

「果然都是你策劃的嘛，伊織！」

我無視背後傳來的嘀咕聲（英梨梨的嗆聲），再次回瞪灑脫地待在出海旁邊的伊織。

「哎呀，你想嘛，我只是盡可能忠實呈現了角色入魔的亮相橋段而已。是你的話，我想應該可以理解這種美學的耶，倫也同學？」

「唔……」

冷不防地亮相、全身黑衣、沉穩的語氣。

沒錯，這就是入魔黑化角色在亮相時的傳統。

換一種說法，就是從第三季登場時，聽配音就已經馬腳畢露的神祕人角色。

感覺活脫脫就是回收再利用的反派調調……呃，那樣的話角色都會變弱，所以還是有一點不同。

「出海！妳被他騙了！」

「學長……」

然而，面對將邪惡表達得既煞氣又唯美的伊織，我傾全力否定。

「妳不是為了昇華自己喜歡的作品，才開始畫同人的嗎？」

畢竟像這樣，根本不是我所認識的出海。

「妳並非為了人氣、為了錢……純粹是想和同樣身為《小小狂想》粉絲的人加深友誼，才開始跑同人活動的不是嗎？」

走這樣的路，對於只靠一冊本子就讓我成為信徒的天才同人作家來說，實在太悲哀了。

「回想起來吧，出海！回想那些讀了妳的同人誌以後，肯發自內心對妳露出笑容的讀者！」

所以，我懷著幾乎要喊到嘶啞的信念，打算說動出海的心。

這是因為，我希望取回她在短短三個月前的純真心靈。

然而……

「對不起，學長……」

「唔……」

伊織安排的戲碼，狡猾得令人毛骨悚然。

「雖然想出這套衣服和戲碼的是哥哥……可是，這次的事情，全部都是經過我的思考，經過我的猶豫，然後才在我的意志之下決定的。」

「出……出海……」

沒錯，在這種情況，入魔的角色其實並沒有受到操控或洗腦，而是完全符合在自身意志下才倒戈相向的經典套路。

「學長，聽我說……我已經不是倫也學長認識的，那個屬於學長的學妹了。」

「學長學長的，妳也重複太多遍了吧。」

「那個最喜歡學長，也最受學長喜歡的波島出海，已經……不在了。」

「妳趁亂講的盡是瞎話耶，空氣學妹。」

「再見了，倫也學長……讓你幫忙賣本子的那個夏天，是我最幸福的時候……！」

「出海～～～！」

是的，由於這橋段實在太酷，明明不是什麼值得哭的事情，我卻不由得入戲到眼淚盈眶。

「真遺憾呢，倫也同學。啊哈哈哈哈……啊～哈哈哈哈～」

就像這樣，明明沒有什麼好耀武揚威的要素，被氣氛吞沒的伊織同樣High得頗不自然，角色崩壞到讓我想吐槽：「你哪位？」

「……說歸說，你們幾個玩得倒挺開心的嘛。」

……還有，在我後面回嘴卻不至於讓局面扭轉的傢伙有點礙事。

「所以說，這樣終於可以和妳較量了對不對，澤村學姊？不，柏木英理……！」

「呵……」

隨後，獨自在角色崩壞前臨崖勒馬的黑化出海，這會兒又朝著我的旁邊，拋來充滿敵意的視線。

承受其視線，直到剛才都堅守於崗位，只會像陪襯諧星一樣零碎吐槽的金髮雙馬尾，也跟著迎向前，準備發威似的輕輕甩了甩兩條金色的尾巴。

……很痛耶，髮尾扎到我眼睛了耶。

「是嗎？妳當上『rouge en rouge』的主原畫啦……恭喜。短短幾個月，可真是一大邁進呢，出海。」

然後，英梨梨面對黑化出海同樣毫不退讓，擺出史賓瑟千金小姐模式與之對峙。

「……哎，八成都是妳哥哥拱妳上位的吧。」

「唔……！」

「英梨梨？」

咦？什麼情況？現在是怎樣？為什麼這兩個人會這麼劍拔弩張？

記得在夏COMI（第三集的終章）過後，英梨梨不是已經跟出海道歉，還送了禮物然後和好嗎？

而且，她們同樣屬於小小狂想的粉絲，不是早就聊開了嗎？

「在冬COMI，麻煩妳要毫不放水地認真和我較量喔，柏木老師。」

「怎麼會，我哪有辦法放水。」

「……謝謝妳賞識。」

「畢竟，對手可是『rouge en rouge』。要是不展現出水準的差異，我們會因為社團規模而輸掉的。」

「唔……這跟社團才沒有關係。」

「妳並不用操心喔。反正不管在條件上讓步多少，我也絲毫不認為自己會輸。」

「唔……請不要小看我！那次以後，我一樣拚了命地在磨練自己！」

「哎，我會好好期待啦……『rouge en rouge』的出海小妹妹？加把勁，別被社團的招牌壓垮囉？」

「～～～唔！」

奇怪？奇怪奇怪奇怪？

而且反而是英梨梨感覺更有反派的味道耶？

「等……等一下，喂，英梨梨。」

「怎樣？我們在忙，少過來礙事。」

「不是啦，妳……幹嘛那麼嗆？」

「是對方先來找碴的吧。」

「可是，夏天時妳不是和我一起道過歉了？」

「啊～～那一次嗎？…………那當然只是做做樣子的嘛。」

「咦咦咦咦咦咦咦～～？」

唔哇，我超不想聽到她那樣講。

那時候，讓我心裡少了塊疙瘩的痛快感到底算什麼？女人好恐怖。

「沒關係，學長。因為我也明白澤村學姊的想法。」

「出……出海？」

結果，即使我被翻臉和翻書一樣快的英梨梨嚇到，身為當事人的出海，卻一派自然地接受了英梨梨出爾反爾的態度。

「畢竟在不知不覺中，就被初來乍到沒有任何實績的無名作家追過去，即使換成澤村學姊以外的人，除了悲慘以外也沒有其他字眼可以形容了。」

「妳這小角色————！」

「噫噫噫噫噫噫噫噫~~？」

好恐怖！女人間的意氣之爭有夠恐怖！

啊，伊織那傢伙，不知道什麼時候已經轉過去捂著自己耳朵了。

原來就算是他，也不擅長應付這種場面。

※ ※ ※

「…………」

「…………」

「…………唔。」

「…………唔。」

「呃～差不多該回去囉，英梨梨。」

「呃～差不多可以回家了吧，出海？」

舌戰停歇，在雙方改成靜靜互瞪以後過了幾分鐘。

總算取回冷靜的局外者們，提醒差不多該撤收了。

「……知道了啦。」

「嗯，我們走吧，哥哥。」

於是，兩名當事人似乎也覺得鬧過頭了，稍稍露出尷尬的臉色以後，才聽從我們的提醒並將距離拉開。

「唔……呃～那就這樣囉，伊織。」

「是……是啊，冬COMI彼此加油吧，倫也同學。」

受其影響，一開始對立得相當嚴重的我們，反而像本著運動家精神一樣地互相問好，然後背對彼此。

「欸，伊織。」

「什麼事，倫也同學？」

「不管你用什麼手段，我們『blessing software』都不會輸。」

所以在最後，我又本著運動家精神，再一次對他宣戰。

「你還真有自信呢。」

「畢竟，遊戲屬於綜合性藝術吧。」

今天這種場面，算是原畫家之間的醜陋鬥爭……呃，是熱情激昂的叫陣特寫，但我們視為目標的巔峰成就，只靠她們的力量是爬不上去的。

有美麗圖像、有點綴氣氛的配樂，也有將那些調和後呈現給玩家的程式……

而且最重要的是，在我們這邊，還有「rcuge en rouge」也無法企及的王牌。

「你也知道吧？我們還有另一個成員……」

「啊，霞詩子嗎？那樣的班底，確實安排得很有話題性呢。」

「我才不在乎話題性。不過，我們的遊戲，在劇本方面絕對是……」

「關於那部分，我倒不覺得會輸給你們耶。」

「……啥？」

唯有這一刻，我無法理解伊織在說什麼。

因為他的口氣格外輕鬆，簡直像不感興趣似的，並沒有將五十萬冊銷量的輕小說作家放在眼

裡。

「你在講什麼啊……難不成你認為同人界寫手中，有人可以贏過霞詩子……」

「啊～在劇情方面，我當然不覺得能贏過你們喔。」

「那你到底是什麼意思……？」

「畢竟你自己也說過不是嗎……所謂的遊戲，是綜合性藝術喔。」

「伊織……？」

伊織的那種態度，並不是不服輸，也不是為了耍酷。

……過去，和他對彼此了解最深的我看得出來。

可是這樣的話，我就不懂伊織為什麼會有那種絕對的自信了。

「那麼，這次真的要告辭囉……晚安，倫也同學。」

「唔，喂……」

結果，不知道伊織對我的困惑是否心裡有數，彷彿言盡於此的他催促出海，正準備從公園的出口離去。

「倫也學長……對不起。」

而且，出海到最後也沒有跟我們和解，態度裡隱含著少許歉意，以及少許決心的她，在低頭行禮以後，就從我身邊走掉了。

「……我們走吧，英梨梨。」

「倫也……」

再也無法留住他們兄妹兩個人的我，也和英梨梨一起踏上與對方相反的路，準備就此離去……

「啊，出海妳已經要回去啦？」

「咦？」

於是，在下個瞬間……

一直坐在旁邊長椅上的某個女生，朝出海淡然地喚了一聲。

「冬COMI要加油喔，我很期待妳做的遊戲呢。」

「咦……？」

那個女生，確實是跟著我和英梨梨一起出門的，也確實一起來到了這個公園，還始終守候在我們旁邊……

「對……對對對對對不起，惠學姊！我直到剛剛都把妳看漏了！」

「倫也同學，你也沒資格說我嘛。居然這麼巧妙地多埋伏了一個人在這裡。」

「不，我沒有叫她埋伏，而且埋伏了也沒意義啦！」

「惠，誰叫妳根本不參加對話。雖然很抱歉，但我完全忘了妳的存在耶。」

「啊～不好意思。因為我玩的遊戲剛好進入佳境……已經要解散了嗎？」

我們什麼時候，產生了加藤已經回家的錯覺……？

第四章　只有狂熱信徒才會變成真正的反對派

「唔～」

午休時間，人聲鼎沸的教室。

離那一夜在公園碰面，已經過了五天。

……這部校園作品，該不會是頭一次描寫到上學時間的教室吧。

「唔唔～」

我無視了依舊不容易辨別發自誰口中的內心獨白，同時也孤立於四周圍著桌子閒聊的小團體之外，正忙著閱讀在這幾天感覺已經成為例行工作的大篇文字。

當然，我讀的並不是正式裝訂成冊的書……

「你還在讀那個啊？」

「……嗯。」

沒錯，就是那份快要被我翻得破破爛爛的列印文件。

「我幫你買咖哩麵包來了喔，還有黑咖啡。」

「謝啦。我現在沒零錢，先墊著。」

「呃～安藝，這是代表我從你的同班同學B升格成跟班A了嗎？」

「……對不起，我現在就付，連利息一起付，求妳原諒我，加藤！」

我深刻反省了最近對待加藤的草率態度並且致歉，而她聽完果然毫無反應，只是平淡地在我前面的位子坐了下來，然後將自己的麵包拆封。

對了，總覺得最近周遭的人對待我們的態度好像有一點變了。

我們兩個像這樣在吃飯時獨處，仍然和空氣似的完全不會被別人放在心上，這部分仍是老樣子。不過當其他同學有事情找我，倒不會和以前一樣毫不客氣地過來插話。在這層意義上，我們相處時不受任何人干擾的狀況算是變多了。

這就表示，我們之間的主僕關係也差不多得到眾人公認……啊，不對，我才剛否認這層關係的嘛。

「所以，結果你弄懂什麼了嗎？」

「嗯，還好啦。」

「哦，有什麼成果？」

「詩羽學姊的劇本果然超神的。」

「啊，我有學到這種時候的回話方式喔。回你：『是是是，信徒辛苦了。』就行了吧？」

「……是沒錯啦，不過聽人那樣講會有點不爽，這妳順便記起來好不好？」

是的，我依然在讀詩羽學姊提交的劇本初稿和第二稿，反覆重讀又重讀又重讀又重讀又重讀的日子仍持續著。

而且，經過星期日以後，我讀的時候更是將眼睛瞪得和銅鈴一樣大。

『關於那部分，我倒不覺得會輸給你們耶。』

伊織那句比平時自然，聽來完全沒有作戲味道的咕噥，始終在我腦海裡徘徊不去。

所以，早上通學時、像現在趁著午休、社團活動時間、傍晚放學時，以及晚上回到家處理程式碼的空檔。

……還有上課時也包含在內，這不能聲張就是了。

一有空，我就會摸索那傢伙話裡的真正意涵。

「會不會是你太在意了？在我看來也覺得內容很棒耶。」

「妳的意見可以信任到什麼程度姑且不提，我也覺得自己太在意了。」

「御宅族就是這麼傲慢的部分姑且不提，既然你也覺得——」

「不過，我就是會在意啊……」

「……咦？」

是的，我也認為自己太在意了。

畢竟就算像這樣重讀好幾遍，詩羽學姊的劇本還是很精彩。

初稿的娛樂性，以及第二稿的故事性，都有趣得分不出高下。

話說回來，為什麼伊織會那麼自信滿滿？

明明我們社團都還沒有公開體驗版，為什麼他卻有信心自己會贏？

他小看我們這邊的劇本，憑的是什麼？

果然，這單純只是伊織在自信過剩下放話，或者為了讓我猶豫而使出的心理戰吧……

「……不對。」

錯了，不是那樣。

那時候的伊織，既沒有說謊也沒有誇大其詞。

……唉，對他最堅信不疑的是我時，問題就已經卡住了。

但我就是這麼覺得，沒辦法。

雖然那傢伙對待創作一點都不真誠，碰了創作者流下血汗的產物以後只會判斷好不好賣，也無意探討其他方面的價值，根本就是個敗類。

不過正因為如此，以往只要是他宣稱「會贏」的作品，在商業上肯定就會勝出。

一直以來，我已經碰過好幾次那樣的案例了。

「欸，加藤，我是覺得……咦～～～？」

我將腦子裡那些想法都整理好以後，就發現加藤忽然在不知不覺之中，從眼前的位子上消失了。

呃，雖然我並沒有草率對待她的意思……不過那傢伙的隱形效能未免太強了吧？

※　※　※

「……霞之丘學姊？」

「咦？」

「怎麼了嗎？妳會來二年級的教室，很稀奇耶。」

「加……加藤……」

「要找安藝的話，我幫妳叫他吧？」

「不、不用，不必了……會給倫理同學添麻煩。」

「哎，確實有可能造成騷動。不過，與其說是給安藝添麻煩，感覺好像比較會讓學姊的風評受影響就是了。」

「……別人要怎麼說，我無所謂。」

「對喔，學姊最近也好久沒到社團露面了。寫新書的工作是不是很忙？」

「是……是啊……雖然那也算原因……不過倒不只那樣，應該說我處在等待的狀態，又害怕主動來問他，又覺得求不到一個痛快。」

「啊，我明白。在這種時候反問：『咦？妳說什麼？』才是耳背型主角的正確反應對不對？」

「……妳是不是快要被耳濡目染得走偏了啊？」

「學姊有事想問我？不是問安藝？」

「對……對啊，其實呢……」

「好的，學姊請說。」

「倫理同學……他過得怎麼樣？」

「……學姊想問我的，就是那個？」

「……不行嗎？」

「唔～也沒關係啦。這個嘛，他一直都在讀學姊寫的劇本耶。」

「……那部作品的篇幅有那麼長嗎？」

「他好像一直在苦惱。」

「苦、苦惱……？」

「嗯，他在苦惱要挑哪一邊。」

「然、然後呢……結論出來了沒？」

「好像就是因為做不出結論，才讓他重讀好幾遍的樣子。」

「是……是嗎……代表事情還有希望囉？」

「咦？學姊說什麼？啊，我剛才是真的沒聽見啦。」

「這件事就算告訴妳也沒用。倒不如說，告訴妳的話就失去意義了。」

「照那樣聽來，我是被輕視還是被重視啊？感覺很微妙耶。」

「……我自己也沒有頭緒就是了，關於那部分。」

※ ※ ※

「唔～」

時間經過，到了放學後的回家途中。

有鑑於詩羽學姊已經寫完劇本，英梨梨則進入閉關趕稿狀態，平時在週末召開的社團活動這星期停辦。

「唔唔～」

就這樣，在太陽還沒下山的傍晚放學路上，我與加藤緩步走向車站。

話雖如此，事態並不會因為過了幾個小時就出現好轉，該選哪一篇劇本的問題依然完全解決不了。

啊，不過只有一點，和幾個小時前不一樣……

「唔唔唔～」

「欸，加藤，別搶我的差事好不好？」

「啊，對不起喔，安藝。」

目前拿著列印出來的文章嘟嘟噥噥的其實並不是我，而是加藤。

「怎麼了嗎，加藤？妳為什麼突然變得有拚勁了？」

「呃，我一點也不覺得自己以前缺乏拚勁耶。」

「沒有啦，妳說是那麼說……」

在午休快結束才回到教室的加藤，從我這裡搶走了原稿，然後就在下午的課堂中專心讀起來了。

她這種態度要形容成「和以前一樣」，實在有困難吧……

「欸，安藝。」

「怎樣？」

「霞之丘學姊在這兩篇故事裡，放了什麼樣的含意呢？」

結果，在許多疑問都還無法釐清時，今天的加藤頗為主動地出擊了。

她把讀完的列印版初稿交還給我，這會兒立刻又拿起第二稿過目。

「妳是問……劇本裡放了什麼含意？」

「在兩個版本中選出一個以後，會有什麼影響呢？」

「還能有什麼影響……」

到最後，被選上的版本就是比較有趣、比較容易讓讀者接受、比較有賣相的作品……

不，不對，這已經不是那種程度的問題了。

結果，就算我花了好幾天重讀，還是覺得兩邊都很有趣，都能讓讀者接受，而且也都具備賣相……這個倒不能確定，然而我就是覺得不會有太大差異。

既然如此，剩下要考慮的……

『最重要的是，倫也學弟，你喜歡哪邊？』

沒錯，表示我只能靠那個標準來判斷了。

馬尾巡璃可愛到堪稱萌得好也萌得巧，以娛樂性傳奇故事來說負有傑出完成度的初稿。

長髮齊瀏海的瑠璃情意之深賺人熱淚，以傳奇戀愛故事而言負有強烈勁道的第二稿。

可是，無論將文章比較多少次，我還是只能隨之雀躍或掉淚……

「到最後……不試著玩玩看遊戲，也許就沒辦法搞懂呢。」

所以，我也只能講出這種像是藉詞逃避的回答了。

「唔……就是那樣，安藝！」

「哪樣啦，加藤？」

然而加藤卻不允許我逃避。

不對，不是那樣。

現在加藤眼中的光芒，並不像抱著壞心眼逼我的目光，純粹充滿了找到出路的積極光彩。

……不管怎樣，總覺得她今天角色滿鮮明的耶。

「既然不玩不會懂的話……就玩玩看吧？」

「可是，遊戲又還沒完成……欸，難道妳——」

「嗯，就是那樣，安藝……」

「妳打算保持未完成的狀態直接發售嗎？」

「…………啊〜」

加藤那太過恐怖的計略，讓我背脊發寒。

「慢……慢著加藤，那項決策很不妙！重新考慮吧！」

是的，對於製作人來說，那是絕對不能伸手摘下的禁果，也是對玩家背信忘義，徹底屈服於流路的行為。

做出那種事，或許能確保短期內的銷量，但是對作品的負面評價散播開來以後，就會替後續作品的售前風評種下致命性禍根。

「就跟你說不是了嘛，安藝。我沒有打算那樣……」

「……還是說，要宣稱我們是誤將體驗版檔案，覆蓋到燒錄成品用的母片上面，然後假裝成一切全屬烏龍——妳打算用這種策略嗎？」

「呃〜你先讓思考離開那方面好不好？」

不過呢，誤將體驗版覆蓋到成品上這種事聽來雖然像胡謅，其實是確有其事啦。

※　※　※

「……為遊戲做測試？」

的。

「嗯，那樣的話，東西就算沒完成也不會有問題吧？」

加藤的提議，和我想像的內容大有出入……應該說冷靜一想，自然會覺得這樣才是理所當然的。

「對喔……畢竟故事劇本已經到齊了。」

先用目前有的素材，拼湊出可以運作到最後的程式——相當實際的提議。

「這樣子，是不是就能發現光靠閱讀發現不了的盲點……我的想法會很外行嗎？」

「不會……」

的確，加藤說的再有道理不過。

比如圖像、配樂、演出……

將那些組裝好以後，就會萌現光靠閱讀劇本所無法體會的微妙差異。

也許，那才是確認「以遊戲而言」，那一邊比較有趣、比較能讓讀者接受，而且也比較有賣相的唯一手段。

「對喔，是那樣沒錯……加藤妳說的對。」

「既然如此，安藝……」

『遊戲是綜合性藝術』。

我自以為是地先對伊織講過，結果，說不定我自己才是最不信的人。

「嗯，我們來玩玩看吧，在遊戲裡再讀一遍！」

真不知道該怎麼說呢。

到頭來，真正要緊的道理，我平常總是掛在嘴邊。

然而碰上重要關頭，我自己總是不會察覺。

而且，還總是讓同一個傢伙來教我。

「謝啦，加藤……」

真不知道該怎麼說呢……加藤。

「呃，安藝，你大概是意識到賣萌的劇情事件才那樣做，不過會痛耶。」

「是肉體上的痛還是行為上的痛，妳說清楚啦！」（註：「痛」在日文俗語中也有欠缺常識、不知好歹的意思）

於是，順手拉起馬尾的我，又被加藤毫不留情的淡定攻擊戳到了。

※　※　※

「那……那麼……我從今天起會開始動工……」

搭上電車，離加藤家最近的車站只剩一站時。

我總算將自己之前做出的丟臉行為甩到一邊，拚了命地鼓起勇氣朝她開口。

……呃，跟加藤講話卻緊張成這樣，其實說不定是第一次。

「唔，直到能玩為止，大概需要花多久？」

「我想想看……大概要到下週末吧。」

「那樣好慢喔。」

「沒辦法啊，畢竟從現在要將遊戲的程式碼一路寫到結局。」

「可是這段期間，澤村同學的作業不就跟著耽誤到了？」

「也是啦。」

在母片送壓前這段一堆事要忙的時期，還加入在效率上可說是浪費時間的工程，製作進度會出差錯也是難免。

「這樣啊，不太妙耶……原來那麼花時間。」

「總之，今天晚上我先挑出兩種劇本都能用的事件ＣＧ給英梨梨擬稿，然後再來動工寫程式碼……」

「可是那樣的話，整體進度會不會拖得更慢？」

「不要緊，總有辦法的。」

「安藝……」

接下來一個星期，等著我的應該是幾乎沒時間可睡的地獄吧。

即使如此，加藤提出的意見，就是值得這樣一拚。

所以，我肯定會努力。

為了我們的夢想。

「安藝，我問你喔……」

「嗯？」

當電車減速，快要可以看見加藤下車的那一站月台時……

「一個星期，是指你自己一個人處理要花的時間對不對？」

「當然啦……」

低著頭沉思半晌的加藤，用了比平常嚴厲點的臉色對我開口。

「順便再問一句，雖然這是我的猜測，不過因為你一個人在家動工，所以那是連你輸給種種誘惑都算進去的時間對不對？」

「……妳想講什麼？」

還有，從她口中冒出的語句，其實也和臉色一樣，比平常嚴厲點。

「我是說，好比你會上網、看動畫，還有溫習舊漫畫來轉換心情，卻翻著翻著就看完一整套之類的。」

「妳在我房間裡裝了監視器嗎？」

呃，何止是嚴厲一點……咦～

「你真的不會打混？」

「都、都這種時候了，我不會那樣逃避啦。」

「你敢發誓絕對不會？」

「唔……」

從週六深夜到週日早上的電視節目欄，閃過了我的腦海。

呃，持續在追的動畫有八部、特攝片兩部，外加娛樂資訊節目……

「…………」

「…………」

在我思考這些時，電車的門開了。

「…………」

「……呃～我想我可以發誓，嗯，大概。」

於是，當月台鈴聲響起，我總算從喉嚨深處擠出帶著微弱決心的嗓音。相對地，加藤的反應則是……

「這個，幫我拿著！」

「咦……？」

她將原本拿在手上的書包推給我。

「趕回家拿換洗的衣服以後，我就去你家……包包幫我帶過去就好，掰。」

「啊，加……加藤！」

等到我再次開口，為時已晚。

電車的門已經關上，加藤擺動著空下來的雙手全速衝上樓梯的身影，轉眼間就從我的視野中消失了。

我只能目送她那電光石火，而且角色鮮活無比的飛快身手，然後望著留在自己雙手的書包，呆呆地留在電車裡。

……我本來還以為會被她揪著領帶拖下車，不過仔細一想，我們學校的制服根本沒領帶。

※　※　※

「嗯，第三章完成了喔，安藝。」

「好，那執行看看吧。」

從那之後過了幾個小時，週五深夜。

「怎麼樣？需不需要再改一下配樂範本和角色站姿圖？」

「不用，目前演出方面做到最低限度就好。總之先將文章灌進去，把內容用遊戲形式表現出來才是第一要務。」

如同之前的宣言，加藤捧著裝了兩天分換洗衣物的旅行包來到我家，簡單打過招呼後就啟動我房間的電腦，熟手熟腳摸起程式碼，毫不休息地持續忙到現在。

「啊，程式當掉了。」

「……唉，畢竟是趕工出來的。那妳除錯結束以後再叫我。」

「好～」

像這樣，經過簡短的測試及討論，我們又各自面對眼前的電腦，敲起鍵盤。

……仔細想想，今天是加藤頭一次主動要求過夜，而且房間裡孤男寡女的沒有別人在，明明發生了這麼戲劇性的事件，我們卻從剛才就一直保持這種調調。

不過這也沒辦法。唯有今天，我們絕不能將時間浪費在觀賞動畫、玩電玩遊戲，或者做一些不可告人的行為。

畢竟，我們一同決定的新目標，就是在本週末將遊戲的部分製作完成。

對，原先的預定被提前了一個星期，工作期程簡直趕死人不償命。

「啊，是當在這裡。好像沒有背景用的圖檔。」

「塞個空白檔案進去吧。先把遊戲能動擺第一。」

「嗯，我懂了。」

「這種時候，素材不足也只能認了。心思花在跟文章相關的地方就好，特別是選項分歧管理的部分。」

「那我也了解了。不過，幸好這款遊戲沒有太複雜的分歧呢。」

「那個能不能叫做『幸好』，在判斷時會因人而異就是了……」

「行了，我這邊修改完畢囉，安藝。」

「好，再來測試。」

啊，順便補充一下，我父母今天都在家喔。

哎，雖然我不清楚他們對二樓這種狀況是怎麼想的。

「唔啊，又當掉了。」

「……加油吧，加藤。」

※　※　※

「……呼啊啊啊～～」

「妳差不多該睡了吧？」

加藤想睡的呵欠聲，提醒我看了看時鐘，現在是週六凌晨五點多。

隔著窗簾望見的天色依然昏暗，不過再隔一小時就要破曉了。

「不用啦～～工作又沒有什麼進展。」

「想睡會讓效率低落，那樣反而更趕不了進度喔。之後還要忙很久，妳睡一下養精蓄銳比較好。」

對於不習慣熬夜的加藤來說，接下來應該是最難撐的時段。

「唔，沒關係。我想到會有這種情形，就買了瓶裝的黑咖啡。」

「咖啡沒有妳想像的有效喔。要攝取咖啡因的話，我推薦摩卡錠劑。」

「是喔？」

「嗯，吃一顆可以攝取到三四杯咖啡分量的咖啡因，所以將這一片上面的十顆一口氣吞下去，就能拚上三天不睡覺。」

※）服用藥劑請遵照正確用法及用量。

「……那還真有效耶。話說吃十顆是不是太多了？不會有副作用嗎？」

「不，完全不會。只會有心跳變得特別快、明明沒有感冒卻咳個不停、感覺噁心想吐、熬夜三天以後睡三天都醒不來的狀況而已啦。」

「………我還是喝咖啡好了。」

※）功效、副作用會因個人體質而出現差異。

※　※　※

「…………」

「…………」

「……唔。」

「都叫妳去睡了嘛，加藤。」

「還……還沒有關……係……」

時間到了下午三點半。

週末下午，升起的太陽快要向西邊大幅轉向。

只靠能量補給棒和瓶裝咖啡充饑，不眠不休地努力工作的加藤，看起來不只是想睡，疲憊之色也已經十分濃厚。

「實在做不完耶……」

「當然啦，和原本定的目標相比，門檻相當高喔。」

工作進度不如預期，大概也助長了她的疲勞。

哎，照加藤的情況來看，像這樣熬夜工作的經驗八成不多，又沒有比我適應受挫。

所以，她才會以為自己可以長時間保持相同的打拚步調吧。

……人類的體力明明就有極限嘛。

「兩天之內就要完工……我想的是不是太勉強了？」

「這個嘛，誰說得準呢？」

開工到現在快二十個小時。經過的日程將近整體的一半。

然後以進度來說……大約是總工程的三成……

「這樣是不是白忙一場了……會不會根本沒有用啊？」

「哎，就算趕不上這兩天，現在先打拚，之後也會輕鬆一點。」

「可是，做這些說不定沒有任何意義耶？」

就像加藤說的，等素材齊全一點再動工，確實比較不費時。

「為了評定劇本，先急就章地將遊戲做出來玩玩看」——要是沒有加入這道工程，我們的作業還能再縮短幾天。

「對不起，安藝。昨天我自己講得那麼興奮，現在又自己講得這麼灰心……」

說來說去，加藤似乎是覺得自己定的目標破局了，喪氣話一句接一句地冒出來。

然而……

「忙這些是有意義的。並不會白費。」

「咦……？」

「不要緊，妳出的點子絲毫沒錯。」

不可思議地到現在還不覺得睏的我，話說得平靜，卻懷著自信及篤定。

「只要做成遊戲試玩，就能釐清些什麼了」──我敢這麼斷言……

「為什麼你會那樣認為？」

「畢竟，這種做法要是行不通，戲劇書形式的遊戲類別哪有可能存活到現在。」

工作好不容易開始上軌道了，事到如今怎麼可以踩剎車。麻煩死了。

「光靠劇本無法成立，還要有圖像、配樂才行，最重要的是，如果缺了讓玩家用來介入故事的程式，就連內容都讀不了。」

加藤好不容易才提起勁和我一起打拚，事到如今怎麼可以拋下她。太可惜了。

「所有要素環環相扣，但沒有任何一項特別強出頭，它們只是低調地相互配合並發揮作用，最後就全部成為讓玩家投入於劇本中的助力了……這才是在其他御宅界媒體都找不到的，專屬於『戲劇書遊戲』的文化。」

「安藝……」

「就像妳說的一樣，只有從那當中才能感受到的世界，確實是存在的。所以這個遊戲類別，至今依然存活著。」

「……………」

我還是相信。

相信遊戲裡才能獲得的真實、真相，以及感動。

而且我也相信。

相信伊織……相信他斷言「rouge en rouge」在「目前」仍占優勢的，那股自信。

既然是那個天才同人投機客說的，絕對有什麼玄機才對。

有某個被我們遺漏掉的，重大盲點。

「所以說，加藤……」

「……………」

加藤並沒有立刻給我反應。

她只是慢慢起身，搖搖晃晃地走到房間角落，腳步拖磨之間，整個人就垮了……

「加藤……？」

結果，她直接仰頭躺上床。

「……抱歉，安藝。兩個小時以後叫我起來。」

「咦～」

欸，剛講到重點妳就沒力了。

而且……當我正想這麼吐槽時，加藤已經安安穩穩地開始打呼了。

※　※　※

「嘶～嘶～……」

「呼嚕……」

「喂，醒醒。」

「唔……嗯～」

「嘶～～呼嚕……」

「起來啦，阿倫。」

「嘶～～～……」

「呼嚕～～～……」

「喂，給我起床啦～～～！」

「唔哇？」

「咕喔喔喔喔喔喔喔～～～～！」

我才在想，怎麼會有一陣吼得亂凶狠的聲音轟進耳膜，緊接著脖子周圍就感受到讓人回想起以往心靈創傷的鎖喉功威力了。

「原來是這樣，原來是這麼回事喔～～！你果然只是裝成迷二次元的阿宅而已～～！你這欺騙人的死現充～～！」

以及背後感受到讓人回想起最近的心靈創傷，遭受柔軟且富彈力的兩種威力的那天……

「等……等等……等等美美……我投降我投降我投降！」

不用說，下手的犯人是誰已經昭然若揭了。

「嗯～～……咦，冰堂同學？」

總之，平時老是不說一聲就殺來我家的美智留，今天似乎也忠實於她的作風。

「慢著，我還以為那是誰呢，妳不是加藤嗎？這算哪招？你們是從什麼時候變成這個樣子的？」

「呃，應該是從昨天晚上吧？放學回家以後，我立刻就到這裡了……」

還有呢，妳們兩個……

麻煩先把彼此認知上的落差填補起來再繼續談。

※　※　※

就這樣，一看時鐘已經是晚上七點。

原定休息兩個小時，卻超過一個小時半到了晚上。

「是喔，為了製作遊戲才集宿啊～」

美智留聽完我們忙到今天為止的原委以後，立刻就釋然了，然後又一如往常地從加藤那裡把床搶走，盤腿坐在上面。

……雖然說，當時她也沒忘記要補一句風涼話：「哎，考慮到阿倫那時候有多沒種，也是當然的啦。」

妳錯了，那才不是有沒有種的問題，問題在於矜持啦。

「結果呢，感覺能趕上嗎？」

「進度超不樂觀。」

「也對啦，你們兩個睡過頭滿久的。」

「……加藤，先睡著的是妳吧？」

「對呀。安藝，相信你會按時把我叫醒，是我自己錯了。對不起喔。」

「…………妳知道就好，知道就好。」

加藤這傢伙，才睡一下就徹底恢復淡定的態勢了。

「呼嗯～這樣喔～啊～那真是傷腦筋～感覺超討厭的對不對～」

於是，美智留一邊聽我們互動，一邊表示關心，同時也彈起了吉他。

她彈的，就是某段用在烏克麗麗漫談的旋律。（註：指藝人牧伸二的烏克麗麗說唱表演）

就算沒興趣，妳也表現得太明顯了吧……

「不過還好妳有來，美智留……」

「就是啊～假如我不在，你們肯定會睡到早上喔。」

但妳可別小看我了，美智留……

因為出這個岔子，現在的我跟加藤一樣，休息得相當充分喔。

「何止那樣，在我看來，現在的妳就像二次創作網站上，三流作家常會不知分寸地寫在自己小說裡的原創最強角色耶。」

「……抱歉，我完全聽不懂你說的意思。」

「反正照實來說，就是能力犯規到足以讓既有世界觀失去平衡的英雄啦。」

該怎麼做，才能靠臨機應變來克服這波天大的危機呢……我在腦袋裡，早就死命地重新開始計算了喔。

「沒錯，如果是妳……有妳在的話，就能使出讓絕望局面完全逆轉的大絕招！」

「咦…咦？但我頂多只會彈吉他或作曲耶？要像你們那樣敲鍵盤，我幫不上忙啦～」

「不，沒問題……妳有妳適合負責的差事……」

我在腦袋裡，慢慢將對策組裝成形。

比起只靠我跟加藤打拚，更有建設性一點的願景已經浮現了。

「對，我要妳……負責當磋商者。」

「你說磋……磋什麼？」

「就是要妳當交涉人員啦……幫我們和妳那個樂團的成員……御宅女孩三人組溝通！」

「啥……啥意思？為什麼會扯到那些女生？」

我無視於美智留傻愣愣的反應，腦海裡則陸續想起她隸屬的動漫歌曲搖滾樂團「icy tail」的眾成員。

記得叡智佳應該有寫程式的經驗……

她也炫耀過，自己在學校只有電腦方面的科目成績特別好。

而且，小時和藍子也都是重度遊戲玩家才對。

列素材清單、做遊戲測試……能派給她們的工作要多少都有。

「行得通……美智留，她們全都比妳管用幾萬倍喔！」

「唔……我還是決定回家了！」

「不，我不放妳走！妳要負責取得她們的協力！先確認她們家裡有沒有設備可以開工！沒有的話就把人叫來這裡！否則以後我不會幫『icy tail』做任何經紀工作！」

「阿倫你每次留我下來，都是在這種狀況嘛！」

「啊～～安藝，我趁現在先去洗澡喔。」

※　※　※

之後一整天，我們趕工趕得比之前更急。

不過，小時、叡智佳和藍子都答應得很乾脆，使進度有了飛越性提升。

尤其是叡智佳的傑出能力，正如原先期待，早知道她會這麼活躍，起初就該招攬她成為社團一員。

……呃，聽說她原本定好在星期日要約會，所以整個人顯得特別絕望，或者應該說恨意濃厚就是了。

如此這般，所有人搬出比平時更多的本領，讓努力開花結果。

在日子變成星期一的五分鐘前夕……

我們這款遊戲的α版，終於完成了。

然後……

※　※　※

「原來是這個意思……」

大伙兒已經回家，我待在熱鬧過後的自己房間。

週末如風暴般掃過，到了隔日早上。

「原來你是這個意思啊，伊織……」

我絲毫沒睡，撐到上學都快來不及。

我們夢想的結晶，總算徹底試玩結束……

於是，我只冒出了一句，這部作品應得的感想。

「這算什麼……根本是大爛作嘛。」

第五章　對喔，好像還沒**決定**最終章的**舞台**

「倫也。」

「……嗯。」

「喂，叫你啦，倫也！」

「……啊？」

午休時間，人聲鼎沸（套用第四章的場景）的教室。

週末忙翻之後過了幾天，來到星期四。

我從第一節課就大剌剌地趴在桌上睡懶覺，到現在連午飯也不吃，結果就被別人毫不客氣地抓著晃醒了。

「欸，我有點事想問，方不方便？」

「……你來得正好，喜彥。為了懲罰你剝奪我寶貴的睡眠時間，賜你一個榮譽的使命，去買咖哩麵包給我當午餐。」

「搞不懂這任務算是光榮還丟臉耶。」

男同學A上鄉喜彥一邊抱怨，一邊還是在桌子上擺了一塊波蘿麵包，然後坐到我面前的位子上。

「好啦，你要問什麼？」

因此，為了報答其付出，我決定花三百卡路里的熱量陪他講話。

「你到了這個星期一直在睡，最近很累嗎？」

「差不多，有點事要忙。」

沒錯，過了忙翻的那個週末以後，我何止沒有閒下來，反而變得更焦頭爛額。

在家裡我幾乎都沒睡，還動腦動到天亮，累得七葷八素，操勞到胃痛，即使如此依舊不停下敲鍵盤的手。

所以正如喜彥點破的一樣，這星期我就算到了學校，光是要恢復前一晚耗掉的體力及精神力就沒空了……

「問好玩的啦，我明白！今年你也安排了許多節目吧。」

「……什麼節目？」

我不知道喜彥到底懂不懂我的現狀，不對，肯定什麼都不懂的這個傢伙，說著說著就擺了一副讓人有點不爽的跩臉，伸手拍了拍我的背。

可惡，剛才那樣又讓我多浪費了一百卡路里。

「今年你想弄什麼？偷偷跟我講就好了。」

「呃，所以你是在問什麼……？」

「校慶時的節目啦。明天就開始了吧？」

「對……對喔，是沒錯。」

怎麼會這樣……原來已經到這個時期了嗎？

難怪這個星期，我就算一直在課堂上睡覺也沒被人吐槽。

……編理由的感覺濃厚，為了劇情方便而亂拗也要節制一下吧——諸如此類的想法就算心裡有，也千萬不能說出來。

「和去年一樣辦動畫上映會，就顯得沒新意了嘛。反正倫也你最會安排了，肯定又想好能嚇到所有人的驚喜了吧？」

「不，我今年沒有任何規畫耶。」

「你又來了～需要幫忙的話我一定出力！跟我說今年的節目是什麼嘛。」

「呃，我就說啦……」

去年校慶時，還屬於百分百消費型御宅族的我，曾花了非常多的時間和工夫，進行事前準備和私下交涉，然後才在學校公認下占領了視聽教室，舉行動畫馬拉松上映會。

在活動中，我接二連三地播放古今東西的推薦作品，只在中場休息穿插自己的煩人解說，而那場悠哉的動畫馬拉松，據說就創下了去年教室內活動的最高觀眾動員數記錄。

然而今年的我……

目標是一飛衝天變成生產型御宅族的我，目前仍不停奮鬥……

「哎，不提那個了，今年校慶也有好多樂子可以期待耶！」

「咦？是……是啊。」

結果，我還來不及煩惱該怎麼解釋，喜彥聊起校慶，老早是一副「好，讓我們繼續看下去」的調調了。這樣不行啦。

萬一我真的規劃了什麼活動，這種傢伙絕對只會出一張嘴，卻什麼都不幫。

「聽小道消息說，今年的豐之崎小姐選美好像會是激烈的拉鋸戰耶？哎，堅守后冠的澤村不出場，真正的寶座等於空懸就是了。」

「哦……哦～」

這麼說來，記得去年的選美優勝者站上表揚台時，是用金髮頂著金冠，還用超客套的臉露出一抹淺笑。

「不過相反的要是澤村出賽，連明年算進去鐵定會蟬聯三連霸，那樣倒也沒什麼意思。難就難在這裡。」

嗯，三連霸很不妙。要是得到那種榮譽，往後的人生肯定會一敗塗地（註：遊戲《WHITE

ALBUM2》中，曾在學校選美蟬聯三連霸的女主角小木曾雪菜）。呃，我這是就一般論而言。

「對了，你在後夜祭跳土風舞的時候要找誰當舞伴？不過，僅限活生生的女孩子，抱枕不算。」

「……既然你那樣打比方，就別替我考慮參加的可能性啦。」

「但是你不想想，假如女生主動來邀舞的話要怎麼辦嗎？我記得那在這所學校，有『請和我交往』的含意吧。」

那還真是……讓人覺得會有鮮血結局等在後頭的傳統耶。

「還有還有，今年話劇社據說會重演去年那齣戲喔。」

聊歸聊，這傢伙的話題一個接一個地抛過來耶……等等。

「重演……？」

「好像是因為去年的劇碼風評滿好的，甚至還被捧成『傳奇性的表演』了。」

「是……是喔……」

那項傳聞我確實也聽過。

應該說，我也實際看過了，那是齣有趣得一如傳聞的戲。

然而，倒不是因為人格有破綻的社長演起獨角戲活靈活現……

「有風聲在傳，那齣戲其實是知名作家寫的劇本耶。雖然不知道真相如何就是了。」

對，是因為腳本棒得可以在全國大賽得獎的關係。

還有，會重演的真正理由，大概是因為那個腳本家今年太忙了，所以無法提供新作給話劇社……

※　※　※

「安藝。」

「……嗯。」

「欸，我在叫你耶，安藝。」

「……嗯啊？」

頭朝下默默思考的我，大概是讓人感到奇怪吧，那傢伙又抓著我肩膀晃呀晃地搭話了。

可是，我已經盡了三百卡路里的義務才對，因此就毫不掩飾自己不爽的表情，直直地望向正面，彷彿該談的早就談完，結果……

「……咦，喜彥？才一陣子不見，你變得好沒存在感。」

「你完全沒進入狀況，講話卻唯獨不會忘記套梗耶，安藝。」

我和淡定地望著我的馬尾女生在近距離內對上目光了。

接著我環顧四周，被夕陽染紅的教室裡，已經沒有我和那個少女……加藤以外的人影。

下午的課，全從我的記憶跑掉了……

※ ※ ※

就這樣，比平常略晚一些，前往車站的回家路上。

「不過，好久不見了耶，加藤。」

「我們每天都會碰面就是了。雖然你總是很睏的樣子，所以才沒有說到話。」

「我沒睡啦～從這週起就根本沒睡覺～」

「光是我在學校看到的，你每天就睡了六小時。」

「表示說，妳一天有六個小時都在看著我？」

「呃，等一下喔。記得那句是在第三頁……『你……你白痴啊～為什麼我非要看著你～』」

「那種簡單的台詞要會背啦。別老是看小抄確認。」

在那之後，隔了四天才講到話的我們，對話時淡定得一如往常，彷彿那個週末湧上的亢奮已成過往雲煙。

這陣子跟加藤講話時，我都懶得先炒熱情緒了，不知道這該當成好事或壞事……

「所以說，安藝。」

「嗯？」

「遊戲，完成了對不對？」

「是啊，雖然要稱為α版還嫌太陽春。」

「然後呢，你有沒有玩到最後？」

「嗯，我在週一早上就跑完所有劇情了。」

「好、好快喔。我耗到昨天才玩完。」

「……呃，嗯，我們當玩家的資歷不一樣嘛。」

我隨口應付過去，但是加藤那句話，對我來說挺意外。

這傢伙真的有試玩耶……

上週的緊急集宿，確實是在加藤的提議下召開的，不過我以為她始終和以前一樣，抱持的是從旁協助我的態度。

然而，加藤現在無疑是社團的核心成員，和我、英梨梨及詩羽學姊一樣，拚了命地想讓作品變好。

她的認真程度甚至讓我受了感動。

……哎，從外表看不出有多認真的淡定表情，滿令她吃虧的就是了。

「那麼，然後呢？」

「嗯？」

「你有沒有發現……不試玩就無法了解的事？」

「……有啊。」

「這樣啊……安藝，原來你也發現了。」

「意思是說，加藤妳也……？」

「嗯……」

而且，和那股拚勁同時萌發的御宅族之力，同樣讓我大受感動。

難道說，加藤同樣找到了嗎……

藏在那份劇本裡，不做成遊戲試玩就無法了解的「某種盲點」。

「那安藝，你打算怎麼辦？不做出答覆應該不行吧？」

「……我知道。」

是的，我知道。

我非得下決定。

「這樣啊，你做了選擇……對於霞之丘學姊的問題，你決定做出答覆。」

然後，我非得告訴她，我的決定。

「嗯，畢竟我是社團代表、遊戲製作負責人……」

「再說，你是男生嘛。」

「啊，嗯……？」

「那麼……結果呢，安藝。」

說到這裡，加藤原先的淡定少了一點，臉色變得有些許紅暈、些許緊張，而且也流露出一些些的落寞。

「巡璃和瑠璃……你選哪邊？」

所以，我也下定決心，斬釘截鐵地宣布：

「我兩邊都不選。而且，我兩邊都要。」

「…………咦？」

宣布將成為我們作品骨幹的，重要無比的結論。

「我弄清楚了……癥結在哪裡，我終於發現了！」

「呃～安藝，稍等一下下……『妳是……妳們都是我的翅膀！』你是這個意思嗎？」

「都叫妳不要看小抄了……」

加藤聽完我那寶貴的結論後，不知道為什麼又瞬間變回淡定了。

話說她收錄在那份小抄的台詞，到底是用什麼標準蒐集來的？

「換句話說，這並不是二選一的問題，重點不在應該選哪個女主角。我終於找到，這款遊戲在根本上懷有的大問題了！」

然而，當我揭露出堪稱世紀大發現的衝擊性真相，加藤卻回了一副十分微妙又尷尬的臉色，並且戰戰兢兢地向我請教：

「呃，關於那些，能不能請你說得詳細一點？」

※　※　※

「唔哇～聽完感覺好討厭。」

「妳那是什麼意思？」

我照著加藤希望的，將事情詳細地說了一遍。

關於我的選擇，對詩羽學姊的答覆，還有自己接下來該做的事情。

認真、誠摯、毫不虛飾地相告。

……結果這會兒，加藤的表情和態度何止是淡定，還一路下滑到對我不敢恭維的地步，然後更頻頻盯著我，傻眼似的嘆了氣。

唔哇～她現在的角色定位變得好討厭。

「我想想，要怎麼說比較好呢……這個嘛，以社團代表而言，安藝你的意見或許是對的。以遊戲製作負責人而言，或許也切中要點，不過在社會上並不是光靠那樣子就可以過得順順利利喔。」

「……呃，關於那些，能不能請妳說得詳細一點？」

還有，這會兒她似乎連言行舉止，都覺醒成火候不賴的挖苦型角色了。

「唔，我看算了。安藝，我覺得你只要貫徹自己認為正確的方針就行了。即使那樣會讓人跌破好幾副眼鏡。」

「咦咦咦咦咦～～！什麼情況啦，妳那是什麼反應？」

我認真苦思，熬了三天三夜，盡想著該怎麼辦，還考慮到更後面的環節……

「不用說了啦，哪怕你被唾棄成窩囊廢、大笨驢、人渣或差勁男主角，肯定還是有人會體諒你的。嗯，一小部分的人會。」

「包含在那一小部分的有誰？有誰啦？」

結果，明明我做了對社團而言最正確的選擇……

「那我先走了喔。畢竟也要先想想以後該如何處身才行。」

「喂！所以那是什麼意思啦？照妳那麼說，我們的社團會變成怎樣？」

可是，為什麼會得到這種反應呢……

第六章　破壞與再造的校慶↑

接著，那一天到了。

十一月下旬的星期五。

從今天起，豐之崎學園最長的三天……豐之崎校慶終於開始了。

在體育館的開幕典禮一結束，每間教室都響起朝氣蓬勃的招呼聲，學校裡頓時被熱鬧氣氛所籠罩。

這所豐之崎學園，是以格外自由的校風為豪，更屬於人氣還不錯的私立學校，舉辦校慶時從當地或外校都會有許多普通遊客來參加，熱鬧度也十分有名。

因此，這種稍微鬧過頭的喧噪，會一路持續到後夜祭跳土風舞為止。

「喂，倫也，今年的上映會是從幾點開始啦？簡章上沒寫耶？」

「我早說過今年沒弄活動……抱歉，我趕時間要先走了。」

在那樣的環境裡，我對狂歡景象不予理會，一個人跑在走廊上……會觸犯校規，所以我是用快步前進的。

已經熬夜四天的眼睛顯得腫脹，全身欲振乏力，實在不是能享受校慶的身體狀況。

而且最重要的是，我現在還有其他非做不可的事情。

有個人，我絕對要在今天內找到，並且在明天之內把事情談妥，然後在後天內將問題給了結……

可是，儘管我整個上午到處奔波，卻在學校裡怎麼找也找不到要找的人。

手機撥不通，發簡訊又沒回應。而且，對方更沒有在自己的教室露臉。

忙東忙西之間，她就徹底從我面前消失蹤影了。

「咦，阿宅同學？你沒跟惠在一起啊。她偏偏在今天就是看不見人耶。」

「什麼時候都一樣，那傢伙不特別注意就會找不到吧。」

啊，為保險起見先聲明一下，我要找的人並不是剛才講話時，像日常環節一樣被提到的加藤。

哎，不管那些，雖然整個上午就這樣被我浪費掉了，可是，在怎麼找也見不到她的焦躁感和徒勞感當中，在腦袋裡的某個角落，我卻意外冷靜。

因為，我早就明白。

時候一到，肯定見得到她。

即使心裡排斥，也非得做個了斷。

只不過，那個時刻，要晚一點才會到。

是的，她一定會去那個地方。

畢竟就算是重演，那一位也不可能會錯過自己的小孩（劇本）風光登台……

※ ※ ※

離下午三點過了十五分鐘的體育館。

中場休息時間，館內只迴響著些微雜音，儘管安靜，卻蘊含一種異樣的熱氣。

我想，那一定是因為觀眾對接下來的劇碼，抱有非常大的期待……

「……這個位子，是空的嗎？」

「……嗯。」

在那種環境中，我僥倖在最前排發現唯一的空位，就靜靜地向坐在旁邊位子的長髮女性問了一聲。

「好久不見呢，學姊。」

「是啊。」

舞台上，為迎接即將來到的開演，正加緊腳步進行布置。

今天，並沒有任何像樂團自願表演一類的膚淺節目，而是和文化祭原本的旨趣相符，是以文化性社團的成果發表為主。

「說起來，明明才兩個星期，感覺時間好像過了好久。」

「……是啊。」

而且接下來要開演的，就是活動當中被評為最有看頭的，話劇社的發表會……

「對了，提到這個……」

「怎麼樣？」

「去年我們也一起看的耶，這齣戲。」

「……似乎是有那麼回事呢。」

於是，表演好像終於準備就緒了，館內照明同時熄滅，所有人的注意力都集中到聚光燈照耀的舞台上。

接著配合好時機，喇叭播送出報幕的聲音。

「讓各位久等了。自現在起，將由話劇社帶來舞台劇《和合狂想》的表演。腳本，霞之丘詩

羽。演出……」

沒錯，這齣戲在去年校慶首度演出時，曾經搏得滿堂彩，還在之後的話劇大賽獲頒腳本獎，算是詩羽學姊的話劇出道作，也是她目前唯一參與腳本撰寫的戲劇作品。

……執筆小說之餘，還能撥空寫出那種傳奇性戲碼的腳本家，現在，就待在我旁邊的位子，面無表情地仰望著舞台。

※　※　※

去年校慶時，我企劃的動畫馬拉松上映會一連舉行了三天，不過其實只有在第一天的下午三點，曾因主辦者不方便而穿插兩個小時的休息時間。

那是因為，當時我就在目前這個地方，和目前在我旁邊的人，一起觀賞著目前這齣戲。

「這齣表演還是一樣，從開頭就張力十足耶。」

「社長向我哭訴過，台詞太多，讓劇本厚得很誇張。」

「呃，話劇社哭訴的原因不只那個……」

其實在校慶前，我也被學姊帶來參觀過一次排演。

那也是我第一次，見識到詩羽學姊……不對，見識到霞詩子這位作家的恐怖……

結果那天練習對戲的三小時中，我看到的場景只占全部的一成左右，以演出時間來講差不多才五分鐘而已。

……可是在那短短五分鐘的戲裡，就講了快三十次ＮＧ，到最後還讓三個社員落荒而逃的，就是魔鬼腳本家憤怒時靜靜嘀咕的一句：「不對……！」

詩羽學姊絕不會大呼小叫，也不會大動作地親身指導演技，她不用那種搶眼的表達方式。只不過，她絕不允許表演調性上的些微差異或節拍錯誤，在戲能演到合自己意以前，她會堅持讓演員反覆練習。

即使社員們狀似火大地反駁那些太細、太強硬的要求，學姊也絕不妥協或道歉，她會小聲而詳盡地、惡毒地逐一指出那些人演技上的毛病，對於腳本的認知之淺，以及基本實力的不足，好比寒鋒揮落。

這麼一來，只有區區高中社團歷練的演員們，在語彙上當然是不敵拿過出版社新人獎的商業作家，就陸陸續續地重挫不起了……

「不過，無論看幾次都很有趣耶，這份腳本。」

「……會有趣是演員的實力。假如你看了那樣認為，就誇獎社員吧。」

所以呢，目前表演的這些社員，都是闖過當時的地獄訓練，和這齣戲相處了一年之久的被虐狂……應該說菁英分子，那樣總不能不誇獎他們。

對了，在那場地獄特訓結束以後，我還被迫多聽魔鬼腳本家發了三個小時的牢騷，希望各位也能誇獎一下當時的我。

另外……面對詩羽學姊在魔鬼模式下的一對一操磨（參照第一集第六章），有某個第一女主角（加藤惠）似乎也撐過來了。

這樣一想，或許那傢伙心靈超堅強的……哎，雖然她大概只是什麼都不在意。

「……然後呢？」

「咦？」

「你有事情……要和我說吧？」

「啊……」

「結論，出來了對不對？所以，你才會來見我吧？」

「可是，戲還在演……」

在我們眼前的舞台上，演員的台詞正不斷變快，情緒向上高漲，動作也變得激昂，劇情越來越火熱了。

他們原本的水準就高，再加上一年間的洗鍊，臻至成熟的表演，已經徹底地吸引住了其他觀眾。

眼前明明有這種錯過可惜的光景，我們卻……

「不要緊，我看過好幾次了。」

「真的？」

既然這樣，妳為什麼要專程守在最前排……

「再說……反正，在聽到倫理同學的回答以前，我根本……沒辦法專心看戲。」

「咦……」

我猛一回神，望著詩羽學姊的臉。

之前我都只顧著想自己的事，所以根本沒發覺……她的臉頰泛著紅暈，額頭微微冒出汗滴，全身更是僵得硬梆梆的。

還有，那熟悉的抖腳習慣同樣超健在，怎麼看都是在緊張。

「好啦，我已經做好覺悟了。要判死刑就快點。」

「哪有什麼死刑……」

說著，我正想隨口否定……

然而在下個瞬間，我才深刻體會自己要做的事有多殘酷。

是的，詩羽學姊的說法，絕對沒有誇大其詞。

畢竟在學姊看來，傾注渾身心力寫好的兩份劇本中，將有一份會從這個世界上消失。

對創作者而言，自己創造的產物無法見世，大概比切膚之痛更難受。

「倫理同學，你選了哪邊？初稿？還是第二稿？」

「唔……」

現在，我變得比原來更緊張了。

明明我從最初就知道這項抉擇有多沉重。

然而，一發現詩羽學姊將事情看得比我想像中更重，排山倒海的壓力就湧了上來。

畢竟，我的選擇是……

「你選巡璃？還是……瑠璃？」

是比那兩種選擇都更殘酷，好比將學姊全盤否定的做法。

沒有或不或許，就連做好覺悟的學姊，都會被深深傷害到才對。

「我決定重新來過……劇本要重寫。」

對，那是比宣判死刑更加沉重的，強制勞動之刑……

「…………」

「…………」

體育館裡，被轟動如雷的掌聲及歡呼籠罩著。

舞台劇的第一部剛好結束，閉幕時的衝擊，以及對後續第二部的期待，使得眾多觀眾的情緒異常高漲熱絡。

是的，現場熱絡成這樣，彷彿沒有鼓掌、沒有露出笑容的，就只有兩個人……

「……為什麼？」

「詩羽學姊……」

所以，我聽見詩羽學姊那句小小的嘀咕，是在人聲鼎沸的觀眾席總算停歇下來的……好幾分鐘後。

「有什麼地方不行？那部劇本有哪裡不合要求？」

「劇本很神，兩份都是。」

沒錯，內容有趣得不得了。

初稿歡樂又好笑，可說是一瀉千里的優質娛樂作品，而且巡璃有夠可愛。

第二稿辛酸又惆悵，可說是胃痛級的耐讀故事，而且瑠璃超令人動容。

「既然……既然這樣，為什麼——」

「可是，以遊戲來說，那份劇本有致命性缺陷。」

內容真的很神……

假如，那是本小說。

只要它不是戲劇書形式的美少女遊戲的話……

※　※　※

我們離開體育館，來到中庭。

周圍有整排的攤販，比如炒麵、章魚燒，還有不知道嗑錯什麼藥才擺出來的刨冰攤，攬客的學生和就地站著吃的普通遊客，讓氣氛顯得挺熱鬧。

「是我不對。」

「…………」

而在中庭的長椅，有從體育館溜出來的我和詩羽學姊，隔了短短十公分的距離，坐在一起。

我遞了章魚燒，學姊並沒有伸手拿，她只是默默望著自己擱在膝蓋上的雙手。

「以往我對詩羽學姊太過信任、不懂得懷疑，才犯了這樣的錯。」

「……唔。」

她的手，對我現在說的話起了反應。

使勁緊握的手，甚至讓指甲陷入膝蓋。

「以遊戲而言行不通，把那份劇本……做成遊戲的話，根本不會有趣。」

因為現在，詩羽學姊被我否定了。

她本身的創作，大概是第一次，遭到公認兼私許的頭號信徒貶低。

結果，詩羽學姊寫的故事，做為遊戲來說，太頭尾一貫了。

無論初稿或第二稿，故事準備的答案都只有一個。

而且只要玩家從頭讀起，最後肯定就會通往那個答案。

故事的緩急、演變、伏筆，全部只是為了那個結局準備的。

經我指示，拜託學姊寫的支線劇情還有附屬女主角的結局，都絕對不會影響故事主幹，變得「太像陪襯用的綠葉」了。

那樣子寫，附屬女主角是不會有粉絲的。

根本沒有玩家會對支線劇情留下印象。

「現在的詩羽學姊，終究還是身為小說家的霞詩子。」

更大的問題是，那種一路通到底的劇本準備了兩份。

更大更大的問題是，在詩羽學姊的構想中，兩份劇本無法共存，只好將其中一邊捨去。

能讓人開心得落淚，以及能讓人嚎啕大哭的兩篇故事，照目前看來，並沒有辦法收攏在一款遊戲裡面。

「遊戲劇本家霞之丘詩羽，並未善盡本身的角色。」

學姊沒有成功將兩篇小說做成一款遊戲。

照目前這樣，就算文章寫得再漂亮，以遊戲來講也敵不過製作遊戲的職業好手。

「所以，對不起……接下來，我會將學姊的劇本，毀掉。」

瞬時間，我陷入聲音從世界上消失般的錯覺。

捅刀子的應該是我，但我自己卻好像挨了一刀，喪失和世界相連的感覺。

我到這時才知道，要否定一個人……而且是否定自己一直追隨、盛讚、信服的對象，原來會這麼難過、懊悔，而且痛苦。

「…………」

來到這裡以後，詩羽學姊一句話都還沒有說。

但我們彼此都明白。不可能一直這樣下去。

所以，她肯定就快要行動了。

我只能拚命想像，自己到時該採取的反應。

為此，必須先過濾出詩羽學姊會有的舉動才行。

接下來，我非得模擬出最恰當的行動……

一、賞我巴掌

↓我訝異地看向她↓結果，她在哭↓我忍不住抱緊她↓兩人在不知不覺中互望↓事件ＣＧ：女主角的接吻場景（需考量是否要將主角的臉加進畫面）↓轉暗↓音效：麻雀的啼聲。

二、逃走

↓我追上去↓四處找人↓費盡心力終於把人抓到↓回頭的她正在哭↓我忍不住抱緊她↓後續流程同狀況一。

三、哭

↓我忍不住（略

四、發病

↓看來有必要懲罰你呢↓這樣子，我們就永遠在一起了。

……不管用，美少女遊戲式的思考不管用。

還有每個狀況看起來都像美好結局，分明是陷阱。

想那些以前，要碰上這種發展的又不是我，是安藝誠司才對。

「原來如此……呢。」

「詩……詩羽學姊……？」

當我快要沉陷於不知對誰有利的嚴肅劇情黑暗面時，將我拖回現實的，是從剛才就期盼已久的，來自詩羽學姊的些微反應。

「原來──說的都是真的。」

「咦？」

「我又──了呢……而且這次還附上了大義名分。」

「呃，容我打斷一下，詩羽學姊……？」

然而她的反應，卻和我預估的有微妙差異。

倒不如說，片片斷斷的字句裡全是讓我覺得十分敏感的關鍵詞，可是要將那些串聯起來導出一項結論，我這邊從每段話能得到的資訊量卻都少了一些些，感覺好像正在進行某種高超奧妙的心理戰……

「你最好有分寸點──傢伙……居然敢對……我的────！」

「要把話講清楚還是徹底沉默，拜託學姊選一邊好不好？呃，學姊還是不要講出來好了！」

先聲明，這可不是主角耳背的症狀喔？

全是因為對方刻意調整（用唇語）音量喔？

「倫理！」

「要直呼我的話請用『倫也』！」

於是，無意再默默嘀咕的詩羽學姊開始把話挑明，臉赫然一轉，這才總算朝我這邊望了過來……呃，瞪了過來。

「你對我的劇本有意見是吧？夠膽量。從現在起，讓我來好好教訓你一頓。」

「呃……咦咦咦咦咦～～！」

一、下跪

二、逃走

三、哭

「我要連整年分的個人積怨一起清算，將你徹底辯倒，讓你喪膽得再也當不了創作者。」

「等一下等一下，學姊？」

結果，我根本沒時間挑選心裡冒出的三個選項，詩羽學姊就在個性走樣的同時，接二連三地撂了不合她本色……呃，本質上其實很符合她本色的狠話。

我本來以為學姊肯定會陷入低潮，為什麼她的情緒反而高亢成這樣？

……唉，也罷。

「覺悟吧，倫理同學……讓我們現在就開始，如何？」

「……可以嗎？詩羽學姊，我真的可以向妳找碴？」

這肯定是詩羽學姊賜給我的，千載難逢的機會。

「……只要你挑的毛病足以讓我認同就行喔。」

「不過，我現在是總監耶。權力比寫手和原畫家都還大耶。」

「那又怎樣？」

「萬一，我們兩個說的都有道理……我的意見還是優先喔。」

「……還真從容呢。意思是假如你自己有錯，你就願意讓步？」

「那當然啦，孤行己見也不會有好結果。我只是想盡可能地做出好遊戲。」

這大概……是跟那位霞詩子合作的最後機會了。

所以，在當回粉絲以前，我要卯勁提出自己的主張。

「那麼我要做的只有一件事……就是讓你理解，我寫的劇本是正確的。我會將你逼上絕路，

讓你在最後下跪認錯。」

「……像練習排戲時的那些話劇社員一樣嗎？」

或許，將來我也會追隨學姊和英梨梨，以當上創作者為目標。

「你可不要只做出他們那種程度的反駁，害我大失所望喔。」

「別小看霞詩子的頭號弟子喔……」

「弟子和信徒不一樣吧。明明你只是個追隨者。」

「我最明白學姊的作風……」

做這些努力，就是希望自己到時能讓偉大的前輩們少笑話幾句。

「包括長處、弱點……我都比霞詩子本人還了解。」

來吧，師徒間的世紀大對決要開始了……

※　※　※

「其實，我已經將重製方案擬好一定內容了……請學姊看一下這個。」

從中庭移師到校舍裡的我們，將資料攤開在桌上，立刻開始研商。

「你先做了這種準備？還真是周到。」

「總不能再犯過去的錯嘛。」

和詩羽學姊在這部作品中出現歧見，已經是第二次了。

以前，我在檢討劇情大綱時，曾經犯下「不明白哪裡不行卻只會打回票」，這種無能總監會有的典型過錯。

正因如此，這次我花了四天時間，將目前劇本的問題以及因應方案彙整成文件，以期萬全。

「……這什麼嘛？」

於是，詩羽學姊只看了文件的第一頁，就發出像是剛從地獄深處爬上來的幽幽嗓音了。

霞詩子遊戲新作的劇本問題點：

１、兩種主要劇情線，並沒有收攏在一款遊戲裡。

２、衍生的ＩＦ劇情線過於薄弱。

↓附屬劇情太短，結局也缺乏回味的空間。

↓對附屬女主角刻劃得不夠，和第一女主角相比顯然萌不起來。

↓各衍生劇情線缺乏橫向聯繫，一路通到底的感覺很重。

３、選項和遊戲性貧乏。

↓選完選項以後，馬上又回到共通的文章內容。

↓一選定江山。只選一個選項就會分歧到其他劇情線。
↓選完後呈現的反應像是怎麼選都差不多。
4、做為遊戲文章來看並不均衡。
↓心境刻劃全用文章表現，沒有圖像和演出介入的餘地。
↓由於台詞短，無法靠有特色的措詞表現出角色特徵。
↓盡是追著角色的想法跑，沒有描寫到行動（動作）。

「哎，用一句話來說就是：詩羽學姊，妳還沒有用自己的作風去配合遊戲劇本。」
「……唔。」
「只要妳寫出幾款遊戲，還有，再稍微放下一點身為小說家的自尊，我想立刻就會成為一流的劇本作家了。呃，這並沒有誇張。」
「…………唔。」
「經驗的部分是能馬上對應得來，問題在於自尊吧……一出道就大賣，又獲得眾人的肯定，感覺會變得比較聽不進別人的意見……除了責編町田小姐以外。」
「虧你敢說得這麼高姿態……只會消費的豬……！」
結果，這次學姊不只是嗓音，連表情都變得像地獄居民了……

「那麼，學姊敢說自己技高一籌嗎？妳能保證自己已經將遊戲，呈現得比遊戲劇本作家寫的還要有趣？」

「……那種問題，不玩玩看怎麼知道？」

「對嘛！試玩看看啊！玩過以後再和別的遊戲比較看看嘛！那樣子學姊就會懂了！我們製作的東西有多扭曲、單調，根本沒有絲毫當成遊戲來玩的樂趣，是一款大爛作！」

睡眠不足的腦袋，正和內心一起陣陣作痛。

我不認為這些話有說錯，但是將一連串感覺並不應該說出來的惡言惡語，對著自己最重要的人脫口而出，這樣的現實果然很難受。

「電子小說本來就沒有遊戲性不是嗎……對那種東西，才沒有人會追求遊戲上的樂趣吧。」

「別看不起電子小說！學姊連電腦戲劇書的真正魅力都不知道，不要隨便置評！以往妳都是抱著那種心態寫的嗎！那樣當然做不出有趣的遊戲吧！」

「唔！訂正你剛才說的……！」

「才不要！電子小說被人看不起，我怎麼可以沉默！」

「倫也學弟，現在是你看不起我才對吧？」

不過，這樣一來，詩羽學姊就完全進入認真模式了。

瞧，證據在於……

她沒有叫我「倫理」了，對吧……？

「我是認真做這份工作的……我為了你付出好幾天，經過費思傷神、嘔心瀝血才寫出了這些內容……不要到現在反而還來否定我……！」

「付出多少努力根本無關緊要，結果才是一切，學姊平常都這麼說的吧！」

假如她贏了，我們將再也無法和好。

假如我贏了，調解得不好就會讓她一蹶不振。

即使如此，我們也只能向前邁進了……

「那……那個……霞之丘同學？可以打擾一下嗎？」

結果，有個莫名其妙打扮成女僕的人，一臉想哭地闖進了我們倆的世界。

「不要來插話……我正在談重要的事情。」

「如果妳還有一絲絲肯為班上成功著想的心，希望妳現在立刻就從這間教室出去……帶著男朋友一起。」

「…………」

「…………」

呃……從中庭移師到校舍裡的我們，選了詩羽學姊讀的三年C班教室，當成研商地點。

那間教室在今天，正以「女僕喫茶三－C」的名義熱烈營業中。

……不過，因為我和學姊大吵特吵的關係，目前沒有任何客人就是了。

※　※　※

接著，到了校舍時鐘指向晚上七點的時候。

窗外被深秋的夜色所覆，原本熱鬧非常的走廊和教室，也回歸平時放學後的平靜。

……不對，即此如此在校庭和一部分教室，還有學生留下來為明天做準備，他們發出的些許聲音仍未停歇。

留校到這麼晚，原本是違反校規的，不過在這所豐之崎學園，教職員們於校慶期間還是會給一些方便，這算約定俗成。

「怎麼樣？好玩嗎，詩羽學姊？」

「…………」

於是，托其之福，在陰暗狹窄的房間裡，還有我們這一對肩並肩的孤男寡女，其實我倒不是沒想過：這樣真的行嗎，豐之崎學園？

「先聲明，我沒有粗製濫造喔。」

「……我知道。」

「這是加藤與我，另外，還找了其他許多人鼎力相助，花了整整兩天，費思傷神且嘔心瀝血才做出來的喔。」

「我不是說過『我知道』嗎！」

話雖如此，就算處在這麼曖昧的情景下，我們現在也不是能夠打情罵俏的狀況。

……呃，假如要問平時是不是就有辦法調情，我也無從回答，望各位高抬貴手，感激不盡。

「和剛才試玩的『rouge en rouge』的新作體驗版一比，妳覺得如何？」

「…………」

「很無聊對吧？呃，故事是有趣，不過以遊戲而言並沒有可看之處對不對？」

「……唔。」

視聽教室的隔壁，視聽器材室兼播放室裡面。

關掉燈光的陰暗房間內，只有螢幕的光源亮著，牆壁上照出兩人昏暗的影子。

我和詩羽學姊從傍晚就窩在這個陰暗狹窄的房間，拿學校備用的電腦一直試玩著遊戲。

「怎麼樣？妳懂了嗎，詩羽學姊？」

試玩的，當然就是我們製作的遊戲樣本。

在一週之始玩過以後就讓我大感頭痛，原本應該會成為神作的……失敗作。

「現在的學姊，別說要和商業遊戲的寫手競爭，就連同人遊戲的寫手都不如。」

「別說了。」

「這就是遊戲劇本作家霞詩子目前的處境。不承認這一點的話，我們製作遊戲的大業就無法再往前進。」

「別說了！」

那聲怒罵，蘊含著強烈的排斥意志，感覺不像詩羽學姊會講的話。

……話雖如此，唯獨在今天，我已經聽了好幾次那種讓人難受的嗓音。

「靠這種半成品，才看不出什麼端倪。」

「……妳真的，那樣認為？」

的確，這是半成品。

幾乎看不到事件ＣＧ，角色站姿圖也有一部分沒上色。

還有配樂，也只是把寥寥三首曲子套用在各種場面。

畫面特效更不用說，根本不可能有。

「演出方面再加強一點的話……感受到的肯定會完全不一樣。」

「我設法做過許多調整了……可是，那沒有辦法。」

即使如此，滑鼠一點擊，文章就會確實地秀出。

能照自己的意思推進故事情節。

能照自己的選擇改變劇情發展。

能抵達自己所選的結局。

不管半成或完成，它無疑已經是一款遊戲了。

「為什麼沒辦法調整，妳知道嗎？」

「……是因為……時間不夠吧。」

「不對，時間是夠的……畢竟我這個星期，一直都在調校程式碼。」

沒錯，我一直在調校這些。

我直到最後一刻都無法徹底放棄，努力想讓劇本維持不變，只調整演出內容。

「可是……學姊寫的這些，本身就是完成的了。」

文章達到了負面意義的完美。

文字已道盡一切，所以沒有任何餘地可介入。

「學姊寫的這些，變成一篇小說了。」

沒有程式碼介入的餘地。

沒有讓圖像為文字做補充的場面。

沒有必要用配樂炒熱故事氣氛。

真的，一切都已經盡善盡美。

因此就算添了些什麼，也無法製造新的澎拜。

……這和閱讀書面文字，並沒有做出區別。

「基本上……在我們一起像這樣探究哪裡不行的時候，學姊其實也明白了吧？」

「你煩死了……」

「學姊自己也覺得，這並不算遊戲吧……？」

「我說你煩死了……！」

結果，那成了讓霞詩子唱獨角戲的作品。

一部勉強加上柏木英理的畫集，以及冰堂美智留的原聲帶……的同人小說。

「雖然我強調過很多次了，但這並不是詩羽學姊的錯，應該算在我這個總監頭上。」

詩羽學姊是純粹的創作者，完美的小說家。

自負得正確合理，又傲慢得惹人憐愛。

她有硬憑一己之力帶領讀者的才華，同時，目前她仍只有那樣的才華。

而那和遊戲的世界搭配得十分不理想，如此而已。

圖像、音效和演出，各自的味道都必須善加活用，再考量遊戲媒體的特徵。

非得要那樣，順著不同的文化來下筆才可以。
而且那項工作……非得在著手撰寫劇本的階段，就由我好好掌舵才可以。
「所以在目前的階段，學姊並沒有必要沮喪。」
相對地，我倒需要猛烈反省……
畢竟在這個時間點，我已經輸給伊織了。
何止是輸，我連敗因都要讓對手來分析，還得到了建議。

玩過「rouge en rouge」的體驗版以後，我才了解那傢伙的自信所在。
我深刻了解到，那傢伙從一開始就做了身為總監的正確決策。
那傢伙將有製作遊戲經驗的寫手團隊，整組拉進社團裡。
然後他還確實地檢視內容、適度給予意見，製作出值得自己信任的遊戲。
對成員信任，並不等於盲從。
要親眼看完信任的作家交出來的稿子，判斷過那是精彩的作品，才能談得上信任。
沒想到那個投機客，還比我更懂得面對作品……
真的，我實在太蠢了。

「我們還有機會把失去的分數搶回來。有時間讓我們重作。」

詩羽學姊擱在滑鼠上的手，已經完全停止了。

「現在詩羽學姊需要的，是承認這部作品有必要修改。」

乍聽之下，我說的話像是安慰，但其實一點也沒有安慰的作用，這我自己最明白。

然而，現在我只能這麼開口，也覺得除此以外別無其他辦法。

可是……

「不要，我不承認……我不能承認。」

她仍懷有依賴。

依賴著小說家的自尊。依賴其頭銜。

因為，只要學姊沒有和我、沒有和製作遊戲這檔事扯上關係的話，那些都是她毫無必要拋棄的強韌根基。

「畢竟，要是我承認那一點，就等於自己不被你認同了。」

「咦……？」

「等於我辜負了你的期待，還有信賴。」

「詩羽……學姊……」

呃，難道說……

她依賴的並不是自尊、也不是頭銜……

「也等於被你宣告……『我不需要妳』。」

『我怎麼可能不需要學姊！』

『我有多需要妳，詩羽學姊妳知道嗎？』

『就連現在，我都比以前更加需要學姊了。』

『還有以後，我也會一直、一直都需要學姊……』

「請讓我……修改這份劇本。」

但現在，我硬是將那些話收進心裡，然後進一步向學姊要求。

「那樣的話，以純粹的故事而言，品質可能會比現在大幅下滑。」

這項要求會深深刺痛詩羽學姊，以及一直信任她的我。

「即使如此，還是請妳允許我修改。」

更會將我們毀掉。

將劇本負責人，以及無能總監的自尊，摧毀得七零八落。

「請讓我重新將這些內容，修改成遊戲的劇本。」

為了再一次，從零開始……

※　※　※

「好了，接下來要列印這邊的檔案。」

一按下電腦的Return鍵，房間角落的印表機就在發出雜音的同時，一張接一張地把紙吐出。

而現在，是房間時鐘將長針及短針都指向正上方的深夜。

拖到實在不方便留在學校的時段後，我便溜出播音室，躡手躡腳不被任何人發現地穿過走廊及校庭，像這樣回到了家裡。

「……會不會太吵？」

「…………」

……還帶著從那之後就一句話都不說的睡美人。

結果，詩羽學姊到最後，都沒有給我關於要求重寫的答覆。

只不過，她在我的催促下，搭上了和自己家不同方向的電車，進了我們家玄關，然後鑽進了我房間的床鋪。

之後過了近一小時，她依然不睡覺也不說話，將自己的表情和感情全副抹煞。

像這樣處於不知道能不能向前邁進的狀況，我只好將所有資源，傾注在自己目前所能辦到的事情上。

……呃，談到我目前能做的事，可不是吊兒郎當地安慰說：「沒有啦～我不是那個意思～快點讓心情好起來，拜託嘛。」並且往床上的詩羽學姊撲過去喔。

我正在做的工作，是將白天那份交給詩羽學姊的負心文件「霞詩子遊戲新作的劇本問題點」進一步改善……

為了冷靜地再發表一次，好讓彼此對問題點出現共識，進而得到學姊的同意修改劇本，這算一道穩紮穩打的工夫。

這樣子，從上週五算起就連續熬夜一星期了……呃，午睡的部分先不管。

而且我好像敲鍵盤敲過頭，連手指都快要失去知覺。

哎，反正現在不能睡，我也只能一直忙。

對遊戲完成度抱持的危機感。

懷疑這樣下去能不能趕上冬COMI的焦躁感。

另外當然還有……對於躺在我後面床上的那個人，何止是一言難盡，連用整本輕小說似乎都理不出頭緒的種種感情參雜在一起，所以我現在根本沒睡意。

望向時鐘，日期終於變了。

因此，今天已經是校慶的第二天。

適逢週六，普通遊客也將變得更多，體育館更有樂團自願登台表演而一舉變得青春味濃厚，豐之崎校慶八成會展現有別於昨天的一面。

然而，我們大概不會出現在那陣喧囂當中了。

從明天起，我們的最後一戰肯定就要開始。

因為，替這部作品構築最終骨幹的工程就要開始了。

「嗚……嗚……嗚嗚……」

「～～～唔。」

……另外，即使後面傳來了某種一呼一頓的抽噎聲，麻煩請努力裝成沒聽見！

※　※　※

「……嗯？」

一回神，窗外不知不覺中已經天亮了。

在都會區是聽不見麻雀的啼聲，從某個地方，卻響起了鴿子那引起鄉愁的獨特咕咕聲。這裡真的是大城市嗎……？

不管那些，一看時鐘已經過了七點。

我似乎是趴在桌上……呃，稍微發呆了一陣子。

「呼啊～～～」

就這樣，為了對抗累積的疲勞，我大大地打了呵欠，不對，伸起懶腰。

「哎呀，你醒了？」

「沒有啦，就說我沒睡了。」

真的喔。我沒睡喔。

還有，我好像每到早上就一直在重複這種話。

雖然我自己偶爾也會起疑問，但我真的有熬夜嗎？

這該不會是誆稱沒睡的詐欺吧……

哎呀，不行不行。不可以認真考察那種敏感的問題。

既然本人說是熬夜，就肯定有熬夜。

比如某個作家的原稿根本一頁進度也沒有，或者連草圖都尚未出爐，卻能在那種狀況下穿著cosplay服參加隔天的活動，我覺得讀者還是要考量到截稿日，抱著體諒的心認同其努力。

「努力過還搞成那樣不是糟透了嗎?」——也不可以這麼吐槽喔。

「呃~~工作忙到哪裡?」

「我姑且將所有內容檢視過了……」

「啊,不好意思喔,詩羽學……」

我甩了甩思路差點掉進詭異迷陣的腦袋,準備專心面對手邊的螢幕,瞬時間,卻發現有些許不對勁。

眼前的桌上,有一整片我在半夜打字出來的文件列印稿。

呃,文件本身確實是我為了今天準備的,這倒沒任何問題……

「詩羽……學姊?」

可是那些文件,卻在不知不覺中寫滿了紅筆的字跡,加上剛才傳來了平時聽慣的闌珊嗓音,使得我瞬間被拖回現實。

「早安。」

「啊……」

沒錯,一如往常的闌珊嗓音。

還有,一如往常的想睡表情。

「早安啊,倫理同學。」

真的，那並不是昨天將負面感情顯露出來的她，而是和平時一樣的……

我所認識，我看了就會放心，我最——的……詩羽學姊。

※　※　※

「所以倫也同學，剛醒來就吵你是挺抱歉的，能不能討論一下？」

「沒、沒關係，我又沒有睡。」

「你不必再找那種藉口，聽我說就對了。」

「是……」

在我被要求隔著桌子面對面坐下來以後，我們馬上又進入平時的師徒關係，也可以說這畫面類似於女教師和男同學。

不只嗓音和表情，詩羽學姊連態度都恢復平時的本色了。

只不過，總覺得她眼睛有點紅，但是睡眠不足的我肯定也一樣，所以我決定不加深究。

「這個，你先拿去過目吧。」

說著，詩羽學姊遞來的是我醒來時……呃，不知不覺中就擺在我桌上的，那份用紅筆寫過的文件列印稿。

「我將倫理同學的意見當成意見拜讀過了，不過還有一些無法徹底接受的部分，以及明顯是你錯的部分，外加錯漏字、詞彙誤用等等，我都盡量做了訂正，把這些檢討過再來研議吧。」

「這麼多……？」

那幾頁紙上，已經被塗得滿江紅，可以感受到只花短短幾小時，就想將我一個星期來的努力鬥倒的熱情、偏執或某種情緒。

「這沒什麼了不起的。我第一次出版的商業作，町田小姐可是用紅筆劃了三百條以上喔。」

「學……學姊，我問妳喔，這表示……」

不過，她會這麼偏執地進行修改，就代表……

「我花了兩年才讓數目減少到三十條。真的，寫東西這行不好做。」

「不、不是啦，不用提那個了……」

「……明明如此，首次寫遊戲劇本卻想無修改過關，明明不可能會有那麼便宜的事嘛。」

「啊……！」

一抹笑容，帶著使壞似的味道……

從睡美人成為魔女，再變回平時本色的詩羽學姊。

「好了，我們開工吧，倫理同學……至少，要做得比『rouge en rouge』的劇本更好喔。不然就會讓澤村得到藉口說：『會輸掉都是劇本害的。』」

「哈哈……」

口氣和語句，都顯得厚黑、自信過度、厚黑、積極，而且厚黑。

「還有……等這些告一段落，你可要覺悟喔？讓我——的懲罰，你等著接受吧。」

「……我會覺悟的。」

再添一點厚黑，還有壞心眼。

「哎，反正已經先收了一小部分的頭款，那我會幫你扣掉。」

「什麼頭款？」

「我又拍了你的睡臉。謝謝招待。」

「那上面拍到的是不是只有我？」

最後，依舊厚黑。

這才是，最棒的學姊。

※　※　※

「兩邊都不選，而且兩邊都要……是什麼意思？」

我們首先面對的，第一個最大的課題……

「1．兩種主要劇情線，並沒有收攏在一款遊戲裡」。

就是該如何處理，詩羽學姊在隨興之下……呃，在轉換自如的創作意欲下，催生出來的兩條主要劇情線。

「簡單說呢，初稿和第二稿，都要放進正篇裡，而且兩邊都當成主要劇情線。」

「可是那樣的話，主題就失焦了。」

對於我的提議，詩羽學姊大概也充分預估過，同時更在自己心裡檢討完畢，才做出了這樣的結論吧。

所以她並沒有特別訝異，而是皺著眉頭，毫不遲疑地反駁：

「那兩份劇本，走向根本不一樣啊。要是都擺進一款遊戲裡，會變成大雜燴的。」

而且，我對詩羽學姊做出的反應，也同樣充分預估過……

初稿和第二稿。

冒險動作傳奇故事；以及輪迴轉世悲戀故事。

回歸和平世界；以及通往時空縫隙的永恆之旅。

和巡璃間貨真價實的幸福結局；以及和瑠璃間哀傷而幸福的結局。

在思念昇華後消失的瑠璃；以及永遠等不到誠司回來的巡璃……

故事就是像這樣，讓相同世界觀的相同角色，奔向截然不同的劇情發展及結局，彷彿由同一批演員演了不同角色的兩齣戲。

真的，這兩份劇本內容差異之大不免讓我感嘆：真虧學姊能夠用相同的大綱做出這麼不一樣的詮釋。

要把這些全塞進同一款遊戲裡，不難想像確實會在整合性上產生許多矛盾。

可是……

「大雜燴就大雜燴啊。那有什麼不好？」

「咦，你不覺得不好？」

我發愣的反應，讓詩羽學姊也跟著用發愣來回應。

「畢竟，連那部分算進去，美少女遊戲還是很有趣嘛。」

理應是校園戀愛故事，但一下有來自未來的女主角，一下又跑到月球進行最後決戰，一下還讓主角變身成怪獸……

古今東西，被稱為名作的遊戲，讓人一開始玩得對劇情冒出大問號的情況，還不是多到不勝枚舉。

「別想得那麼緊繃啦，這是美少女遊戲，而且算同人作品耶。」

「不就是因為你那麼想，才會有人看不起這種『區區的美少女遊戲』嗎？」

「『區區的美少女遊戲』，對我來說可不是普通的讚賞之詞喔。」

「……倫理同學。」

和完成度高的一流作品相比，二流作品具備了不玩到最後，就不能確定是半成品或大傑作的心跳感，以及不完美所造成的期待，更有劇情不知道會飆到哪裡的驚險刺激……

果然我鍾愛的，就是這麼荒誕的遊戲類別。

「多去享受有趣的部分嘛，和我一起品嚐刺激的滋味啊。」

「在截稿方面，我倒是早就嚐到刺激的滋味了。」

「遵守一下『不受規則限制』的規則嘛。」

「……換句話說，你的目標就是做出不受故事規則限制，連真實結局都可以有兩種，像那樣自由奔放的作品嗎？」

「不對喔，詩羽學姊。」

「不然，你還打算怎麼……」

「真實結局要有三種。」

※　※　※

「……這太蠢了吧？」
「就是啊，真夠蠢的。」
房間時鐘的長針和短針都指著正上方，週六正午。
詩羽學姊到今天，已經講出第三次的「這太蠢了吧？」。
第一次，是針對拖到現在還要寫新劇本。
第二次，是針對既有劇本的修正處之多。
至於第三次……
「你是說，要在明天之前完成？」
「因為週一要是不把最終稿交給英梨梨，劇情事件圖就來不及開工了喔？」
「那種話，你不要一臉悠哉地說得那麼輕鬆。」
則是針對我提出了那麼大的工作量，卻只能籌出一天半來完成的期程觀念。
「吶，倫理同學，我看你是太疲倦了。」

「呃，我確實很累，不過並沒有看見外星人的幻影之類的。」

「你以為從現在起要處理的文章有多少？照我的觀點，想把這些全部改完，兩個星期應該跑不掉……」

「……詩羽學姊，妳是不是有什麼誤解？」

「什麼意思？」

「這不是在校正小說喔，而是在修改遊戲劇本喔。」

「唔，差別在哪裡？」

「即使某位作家大人對作品抱持著『名為堅持、實為任性』的心態，那都是次要的。」

「……感覺真像風涼話呢。」

「工期優先於藝術性，後續作業優先於自己。在有限的時間之內盡力而為，才是最重要的喔。」

沒錯，協同作業最重要的是工期。

為了這項原則，六個寫手可以聚在一塊用三天趕出一款遊戲的劇本，替跑掉的寫手擦屁股；假如是附語音的遊戲，還可以將台詞的部分全部先寫完錄好，之後再像拼圖一樣把心境側寫另外補上去。

而且那種克難式劇本，也會誤打誤撞地獲得玩家肯定，原本跑掉的寫手更會在不知不覺中回

來露臉，還得意地用自己部落格解說起半個字都沒參與的劇本……呃，這都只是傳聞而已喔。

「你覺得那樣子製作能成就名作嗎？」

「我能打包票的只有一點，不推出就絕對無法成就名作。」

「那……」

即使發售一拖再拖，即使按工期交貨，甚至是提前一個月交貨，有的作品依然成了名作。

相反的，就算期程再怎麼遊刃有餘，到最後變成大爛作的遊戲同樣不勝枚舉。

所以時間和作品品質的關係，即使有機率可言，也不會出現唯一解答。

「況且……這部作品，要是不在今年冬COMI推出，就永遠生不出來了。」

「…………」

畢竟，我們……

在詩羽學姊和我們之間所剩的時間，大概已經……

「可是，倫理同學……」

詩羽學姊低頭思索了一會……

這次她並沒有說「這太蠢了吧？」，而是表情認真地再度面對我。

「就算再怎麼努力將工期優先，光靠我一個，在物理上是辦不到的。」

「是這樣……嗎？」

所以，我也回應學姊的認真，認真地回望她。

因為我強烈感受到，那雙眼睛裡蘊含的扎人光芒。

「所以，我只要你做一項覺悟。」

我早就明白，事情會這樣發展。

事情會相當不得了，會變得離譜透頂。

「下筆吧，倫也同學……」

而且我更明白，事情會有趣到極點。

「幫我寫第三篇劇本就好。寫你執意要加進去的那段故事就好了。」

「……可以嗎？」

等春天一到，我們肯定無法再度過，和現在相同的時光。

無論情況能和現在多接近，我們終究無法度過完全相同的時光。

「我……可以干涉詩羽學姊的文章嗎？」

「畢竟，你最了解我的作風吧？」

「哈……哈哈……」

「你比霞詩子本人……更了解不是嗎？」

所以現在，面對這項大活動、面對另一場校慶……

我們倆……就痛痛快快地享受其樂趣吧。

※　※　※

「對了，學姊。」

週六，下午三點。

從決定方針，開始動工後過了三小時。

總之我什麼也沒想，只按著詩羽學姊的建議：「先寫就是，將文字量寫出來，別歇手。」隨興而至地作文章，忙了很久到現在才回頭。

「什麼事？我這邊也很忙，有問題要簡短說。」

探眼一看，桌上擺著筆記型電腦，量產文章時指速比我更快的詩羽學姊，依然專注於工作，回話之餘並沒有轉向我這裡。

「我要寫多少才行啊？」

「這個嘛，劇情分歧處在滿後面的，所以篇幅不會太多。以遊戲時間來講，大約一小時左右的長度吧。」

「……用文章量來講呢？」

「換算成輕小說，我想差不多是一集的一半？很輕鬆啊。」

呃，我們還剩下一天半，意思是……

「欸，那等於三天就能寫完一本輕小說的步調嘛！詩羽學姊，那真的辦得到嗎？」

「我是做不來喔。縱使寫得出來，品質也會大幅跌落，錯字和誤用詞彙挑都挑不完。」

「既、既然這樣……憑我又怎麼可能……」

「倫理同學，照你的哲學，製作遊戲最重要的是？」

「…………遵守工期。」

「沒錯，是你就能辦得到。至少要在速度上超越師父喔。」

「啊哈哈……哈哈……」

換句話說，那是連霞詩子都無法辦到，在我的觀念中屬於前人未及的領域。

所以從現在起，我就要一頭栽進那塊領域了……

「哈哈哈……啊哈哈哈哈哈哈～～！」

「吵死了！安靜寫稿！」

「遵命！」

現在，是下午三點。

不只我情緒亢奮，詩羽學姊也快要發動創作者模式了。

※　※　※

「……欸，學姊。」

「…………」

「我說，學姊。」

「……什麼事？」

我轉頭望向詩羽學姊，順便看了時鐘，結果已經過晚上八點了。

外面在不知不覺中變得漆黑，寒意甚至滲入屋內，一回神就冷颼颼的。

「肚子餓不餓？要我買東西回來嗎？」

「…………」

我按下房間空調的開關，順便伸了伸懶腰打算休息。

背後關節吱嘎作響的聲音，立刻道出這幾個小時的奮戰有多折騰。

「還是說，要叫個外送的披薩？不過現在叫的話好像要等一小時左右耶。我看還是去買便利商店的便當比較……」

「…………」

學姊始終不回話。

大概是太專注，心思還沒回到現實吧。

沒對焦的眼睛茫然一轉，她擺出觀察稀奇玩意兒的臉色望著我。

「……倫理同學。」

不過，學姊終於嘟噥著動了嘴唇……

「怎麼樣？還是叫披薩好嗎？」

「居然在創作中分心……你……有沒有意思要拚？」

「……咦？」

隨後，她的表情變得像厲鬼。

「離截稿不到兩天了喔，你還天真地把吃飯的問題掛在嘴邊？兩天不吃不喝又不會死。」

「可……可是肚子餓的士兵無法打仗啊……」

「想吃東西，你不是有指甲嗎？還有手指皮、臉頰內側的肉啊，要是嚼那些還不夠就吃舌頭吧……！」

「最後那個吃下去會死人啦！」

唔哇，這下不妙……

學姊一進入狂戰士……呃，進入創作模式，思維簡直危險得超乎想像。

「你把頭痛的難題丟來，自己卻打算休息，這樣何止是藐視我，你根本就藐視人生對不對，倫理同學？」

「沒、沒有！呃，對了！我是擔心學姊多於自己啦！」

學姊聽完這句就算被懷疑有哄騙之嫌，也怨不得人的說詞後，反應是……

「我沒問題……等這場仗結束，我就會把累積起來的生理慾求一口氣解放……！」

「噫——————！」

她完全不肯放我一條生路。

「我要解放三天三夜，像安息日一樣……呵……呵呵……呵呵呵呵呵！」

「不對，這場仗結束的隔天是平常日啦！要上學啦！」

還有，參加那種儀式也太恐怖了吧！感覺只會有生雞肉當食物！

「聽好囉？因為這樣，從現在起別說吃飯，連睡覺也是禁止的喔。給我把時間上的浪費縮減到極限。」

詩羽學姊說著舐了舐嘴角，渾身散發的淒絕之氣已能凌駕厲鬼或惡魔。

「那……那麼學姊，妳在劇本寫好前連澡都不洗嗎？」

「……………做為特例，我准許花十五分鐘在那上面。」

啊，淒絕之氣忽然消失了。

※　※　※

「我問妳喔，學姊，美少女遊戲的女主角大多都有好幾個，妳知道理由是為什麼嗎？」

「感覺上我懂。簡單說，就是補救措施吧。」

「嗯，雖然說起來不好聽，不過正是那麼一回事。」

日期終於改變，到了星期日。

離截稿不到二十四小時的大半夜。

我和詩羽學姊在房間中央的桌子面對面，討論得相當熱烈。

「就算第一女主角觸碰不到玩家心弦，只要附屬女主角能合意，那個人就會追隨。但偏重於第一女主角的遊戲，玩家一旦跑掉就再也挽救不了。以結果來說，會輸在支持者的人數。」

議題是關於「２‧衍生的ＩＦ劇情線過於薄弱」。

「可是，我怎麼想都浮現不出其他女主角和誠司在一起變得幸福的形象……」

學姊打算著手修改附屬女主角的劇情線，對於其走向和必要性，卻還抱有重重疑慮。

「哎，因為主線太扎實了嘛。這就是霞詩子作品！砲灰女主角的淒涼度無人能及！」

「……你那真的是在誇獎我嗎？」

然而，肯定正因為她是優秀的作家，才會陷入那種窠臼。

其兩難之處在於將單一結局寫得越洗鍊，就會讓其他可能性顯得越乏味。

「不過學姊，『不願追隨的人就放著別管』……這種做法是不行的。特別是在美少女遊戲。」

「為什麼？」

「那還用說……因為美少女遊戲的玩家本來就比輕小說讀者少啦！」

「……你講得還真直白。」

憑詩羽學姊寫的故事，或許有可能將第一女主角的支持率拉上百分之九十左右。

然而再往上……想讓支持率貼近百分之百，就幾乎不可能。

因為作者就算想破頭，也沒辦法連讀者千差萬別的喜好和想法都連根改變。

「詩羽學姊……我們應該鑽研的是『內容能取悅多少玩家』這一點！」

所以，為了挽救另外百分之十的讀者，我們志在成為只要是為了逗樂子，就能從容接下任何苦差事的藝人。

「就算內容老套一點、諂媚得露骨一點，也沒有關係嘛……來創造更多的可能性吧！我們要討好全部的玩家！」

※ ※ ※

「我說過，那邊不是那樣改啦！」

「…………」

「呃，詩羽學姊，所謂的三選一，不在三種選項裡分別安排明確的意義是不行的！」

「那我了解啊。」

「不，妳不懂！妳一點都不懂啦，學姊！」

「……哼。」

「學姊設計的三選一，除了正確選項以外，得到的反應都超無聊的！」

「問題有你說的那麼嚴重嗎？」

「不讓玩家提起『也試試其他選項』的興趣就不行嘛！否則會輸給我們的對手嘛！」

「嘛來嘛去的，吵死了……」

「比如選項是女主角時，就要寫出能強調各個女主角特色的劇情事件；選項如果是主角採取的行動，三個選項都要分別安排有趣的反應才可以！」

「與其在那上面費勁，是不是應該改善正篇才對？」

「像那樣衍生出來的小插曲越有趣，就越能烘托出正篇的趣味嘛！我和學姊想改善的目標，到最後是一樣的！」

「既然這樣，我針對正篇來改不是也可以嗎！」

「可是我偏好看選項啦！總監有決定權！」

「你爭這些還不如先盡好寫手的責任！回去專心寫你分到的正篇劇本！」

「我又沒有辦法，寫到一半卡住就卡住了啊！」

「你那樣就叫逃避現實喔，敗犬同學？」

「啊——！妳講出來了，學姊！妳講出現在最不能對我說的字眼了！」

「煩死了！倫理同學你煩死了！」

……呃～～就這樣，到了凌晨三點。

睡意、疲倦、空腹，以及徹底錯亂的高亢情緒，將我們拖進了創作的深淵。

※　※　※

「我說過，這裡不是這樣改吧？」

「…………」

「欸，倫理同學，所謂的劇本，並不是將自己的情緒直接抒發在裡頭就好了。」

「我知道啦。」

「不，你不懂。你根本不懂。」

「……唔。」

「倫理同學寫的這一幕，完全將讀者撇在旁邊，內容超級無聊。」

「……我問妳喔，學姊。」

「怎樣？」

「妳提這些是為了替剛才報一箭之仇吧，對不對？」

然後，就這樣到了凌晨五點。

我第一次請別人，幫我看第一次寫的劇本。

於是乎，我第一次被批評得慘兮兮，即使明白被罵也是應該，卻依然嚴重受到打擊。

「我哪會做那種氣度狹小的事？八成是你錯估了喔。」

「表示還有兩成對囉……」

我們在狹窄的桌子旁相鄰而坐，身體靠在一塊，指著筆記型電腦的小小螢幕，對劇本內容一句一句地推敲。

剛洗完澡的詩羽學姊頭髮濕潤，微微傳來的洗髮精香氣十分誘人。

「哎，硬要誇獎的話，只有文章量，以及寫出這些內容的速度可取。光就這部分，你真的超越我了。」

「是……是喔？」

「雖然目前來看，只是大量製造出垃圾罷了。」

「唔。」

……然而學姊講的話何止根本不誘人，還相當苛責。

「不過倫理同學，有辦法量產出垃圾也是難能可貴的喔。」

「真……真的嗎？」

「當然了。再怎麼差勁、無可救藥、不堪入目的文章，只要寫得出來，就還能磨練。然而，原本就產不出的文章是連磨練都無從下手的。」

「不要邊打圓場邊損人啦。」

不過，我聽了還是心跳不已。感覺好興奮。

「所以囉，剛開始寫文章的時候，先寫比思考重要。全部寫完以後再來推敲。要是寫到一半又回頭思索，會怎麼寫都寫不完喔。」

「嗯……我懂了。」

那比她身為女性的魅力更讓我著迷——呃，當然學姊身為女性是很迷人——

但是她身為作家的氣勢、身為創作者的熱情、身為師父的可靠，全都令我神往。

我能當這個人的信徒、伙伴、徒弟，實在太好了。

「好啦，你就動手寫第二稿看看吧。」

「那我應該先改哪個部分？」

「照你的速度行得通……將原本內容全部捨棄掉，從頭寫起。」

「唔哇啊啊啊啊啊啊啊～！」

哎，先不管那些。

拚勁和能力這些玩意，有時候反而會給自己找罪受耶。

※※※

「總覺得……還是很老套。」

「唔。」

「而且，讀起來感覺好牽強。」

「咕。」

「還有內容不夠均衡。文章累贅太多，該刻劃的部分卻缺乏描述。」

「您說的是。」

週日，中午十二點。

那是我生來第一次寫了所謂的劇本後，剛好經過二十四小時的紀念性瞬間。

「所以囉，動手寫第三稿看看吧。當然還是從頭寫起。」

「收到～」

同時，也是我那份徹底翻新的劇本，被學姊輕易退稿的瞬間。

「……你都不洩氣嗎？」

「那當然，還不到慌張的時候嘛。」

「…………」

然而對於學姊的決定，我並不覺得強人所難，也沒有感到不滿。

畢竟，到剛才為止的十分鐘，學姊專心得似乎連呼吸都忘了，只顧著讀我的文章，還一會兒咬牙作響，一會兒格格發笑，一會兒又突然破口大罵……

她就像那樣，認真沉浸在我的文章裡面。

「……欸，倫理同學。」

「嗯？什麼事？」

於是，當我又開了新的純文字檔，並取名「第三稿」儲存下來時……

詩羽學姊還在過目已經被她廢棄的第二稿。

「你真的覺得這種結局能成立？」

「這樣喔？果然通往結局的說服力還是不夠嗎……要對主角的心理多描寫一點，再不然就是靠他和女主角的對話來補足吧……」

「沒有，我指的不是那個。我談的不是手法方面的問題。」

「什麼意思？」

不對，結果學姊並不只是過目而已。

「你真的覺得……這種什麼憂慮都沒有的快樂結局，是存在的嗎……？」

那副表情，和之前指導駑鈍學生的教師面孔並不相同。

「在前世被迫背負太過苛酷的命運，在今生也碰上殘忍的遭遇。

還讓朋友、家族和許多人受到牽連而不幸。

到最後，威脅也沒有完全消失，只是將問題延後到來世……

即使如此，你還是覺得留下來的人，都能笑得這麼幸福嗎？」

「詩羽學姊……」

「……哎，雖然設定得這麼狠的就是我自己。」

她的眼神，已經徹底恢復成進行創作時的創作者模式。

那表示……學姊終於，肯踏進我那稚拙的劇本內容裡了。

「……有那樣的結局，也沒什麼不好啊。」

我正在寫的第三個真實結局，簡單來說，就是「完美的快樂結局」。

雖然我拚命想取得統整，也卯足了全力要消解風格上的差異，不過換個觀點來看，要說這或許是將前面故事徹底否定的褻瀆行為，我也無法辯解。

電腦遊戲在移植家用主機時，「由其他寫手添增的微妙劇本」常會受到批評，我這種改編正可算是其典型。

「說出來不太好，但我認為，瑠璃沒有幸福的權利。」

「角色的催生父母也那樣講啊？」

「誰叫她的情意太深，反而讓誠司遭遇危險。」

「那是結果論嘛。」

「不只那樣，她為了得到誠司，甚至會加害巡璃和其他女主角。」

「哎，近年來很少看到這種病嬌型角色啊。即使如此她還是讓人覺得可愛，雖然那要歸功於學姊和英梨梨的本事就是了。」

「我不覺得巡璃會原諒那樣的瑠璃。感覺巡璃才不會接受她。」

「我覺得會耶。巡璃的話，八成會淡然應付掉。」

「……瑠璃沒有資格被玩家喜愛。」

「可是，我很喜歡瑠璃喔。」

「……那要是和巡璃比，你喜歡哪邊？」

「那還用說，我當然是兩邊都愛得不得了。畢竟，那是我們創造出來的第一女主角耶，不是嗎？」

「我不是……那個意思喔……」

詩羽學姊大概是對我的妄想和失控言行感到傻眼，她一臉疲倦地略過了毫無意義的問題。這樣說不太禮貌，但是她托著腮幫子，將頭轉到旁邊的模樣，顯得有些可愛。

「學姊覺得像畫蛇添足嗎？」

「而且你添了一百條腿有喔。」

「可是，我無論如何都想要那些腿嘛。」

「受不了，只顧萌的豬就是這樣。」

「詩羽學姊不想看嗎？」

「…………」

「巡璃和瑠璃互相搶誠司，可愛地爭風吃醋，讓所有人傻眼笑出來，那種沒腦筋的結局……學姊不想看嗎？」

雙方意識存在於一具肉體的巡璃和瑠璃，要怎麼分開變成兩個人？

過去的悽慘情節要如何劃下句點？

像這些部分，我覺得自己添了不少牽強的新設定……

「認為不可能有那種結局的我，以及想看那種結局的我，都確實存在著。」

「聽妳那樣說，簡直像瑠璃和巡璃耶。」

「…………」

不過，學姊果然也會想看那樣的劇情……

※　※　※

「學姊覺得……怎麼樣？」

「…………」

終於，到了週日下午六點半。

差不多是○螺小姐症候群（註：日本動畫《海螺小姐》播映時間在週日下午，隔天就是上班上學日，「海螺小姐症候群」即為一般所指的「假日症候群」）快要在日本全國發作的時段。

換句話說，我們的奮戰，總算到了最後階段……

「呃，基本上，我認為自己已經用盡所有能力了。」

「…………」

我剛完成的第三稿，被詩羽學姊載到平板電腦上細讀。

此外，要提到她為什麼從之前的筆記型電腦轉而用平板……

「……詩羽學姊？」

「…………」

「妳不要緊吧？還是要在床上躺一下？」

「我有在讀。意識還在所以沒問題。」

「是、是喔？」

因為學姊已經連坐都坐不住，只能躺在地板上讀稿子了。

她用來滑畫面的手指不時會頓住，讓人分不出是在熟讀或熟睡，所以我每隔幾秒就會像這樣叫她。

「還是不行嗎？」

「…………」

不過，學姊會比我先撐到極限也是當然的。

畢竟她不僅一邊要修改分量要命的文章，監修我的劇本又絲毫不能放鬆，始終都維持全速運作。

「以時間來講，下次的第四稿似乎就是最後機會了，我先開始動手可以嗎？」

「…………」

哎，多虧如此，詩羽學姊負責的部分幾乎都改完了，到最後，我這個新手寫的劇本，便成了最後一道瓶頸。

「要挑毛病的話，學姊一想到什麼就說，我會立刻回應。所以我繼續去忙……」

「……倫理同學。」

「抱歉，是不是吵到妳了？」

結果，詩羽學姊緩緩關掉平板電腦的電源，用變黑的螢幕蓋住臉。

緊接著，她在嘆息的同時，編織出決定性的一句：

「可以了，我不會再說什麼。」

「……那是對我死心的意思嗎？學姊不想再幫我看劇本了？」

「不是，我認同你了。意思就是，已經沒有必要再修改了。」

「咦……？」

詩羽學姊那句和想像中正好相反的決定性話語，讓我一瞬間做不出反應。

因為，在等待她回答的這段期間，我始終想像著大概會被挑毛病的幾個地方，腦子裡盡擔心那些問題被點出來的話要怎麼改。

「剩下的，只要在寫程式碼時做微調就行了。況且遊戲沒有放語音，可以調校到最後一刻，要完成綽綽有餘。」

「……可以嗎？」

所以，學姊不說哪裡要改時，應該怎麼反應，我根本不可能知道……

「真的……可以嗎？我寫的劇本，ＯＫ了嗎？」

「坦白講，我非常不中意就是了……」

「唔？」

結果，詩羽學姊到這種時候，仍不忘高高舉起再重重摔下的作家機趣。

「不過那怎麼想，都是我個人喜好的問題……所以純粹就成品來看，這仍是相當熱情有趣的

故事。」

而且，她也不忘摔了以後再出手挽救的作家機趣。

「啊……哈哈……………奇怪？」

像那樣，在我接獲有點彆扭的合格通知後，眼前忽然天旋地轉。

電腦螢幕從視野中消失，我才剛在疑惑怎麼會看到牆邊的書架，景物就又立刻切換成天花板了。

「唔？」

碰的一聲，我眼冒金星，隨後只看見整片黑。

……糟糕，我仰頭摔了重重一跤。腦袋撞到了，卻不覺得痛。

還有，我渾身使不上勁。站不起來。

「學、學姊……我……好像……」

「冷靜點，趕稿完以後常有這種症狀。之前繃緊的神經一放鬆，別說身體，連手臂都會變得舉不起來。」

「是……是嗎？」

「嗯，好比現在的我一樣。」

「……原來如此。」

「哎，真悔恨……明明趁現在就能對倫理同學為所欲為的。」

「妳那是想痛扁我一頓的意思吧？是那樣吧……？」

因為如此，我們雙雙倒臥著仰望狹窄的天花板。

假如能看見真正的星空，至少會像美少女遊戲的劇情ＣＧ一樣有萌點，不過這樣只是御宅族同好睡倒成一片罷了。

哎，實情也就是如此，沒什麼好抱怨。

「好啦，不管那些……謝謝妳，詩羽學姊。」

「沒什麼，只是冷靜來看內容及格了，如此而已。我可沒有放水喔。」

透過兩方倒地而達成雙贏的我們，在強烈充實感和疲倦下，只剩嘴巴能動。

「但是不好意思，可能要稍微潑你冷水，最後還有一項壞消息……」

「什麼消息？」

詩羽學姊拚命張著那唯一能動的嘴巴，為我們的地下校慶編織出閉幕之詞。

「我不能在這部作品裡，用上霞詩子的名義。」

「這樣……啊。」

「誰叫這根本不算我的作品。」

從某種意義上來說，那或許是衝擊性的告白。

「你將我創造的世界和角色，用擅自的判斷，擅自地做了更動。」

「嗯。」

可是，我……

在這兩天和詩羽學姊一同奮戰的我，卻實在無法不理解她想表達的意思。

「當中有性格走樣的角色，還有設定變調的部分。」

「……對不起。」

我們為了作品的事情爭執、衝突那麼多次，有時還吵得感情畢露。

她被迫聽從無法接受的方針，卻又不得不對固執己見的笨蛋諄諄善誘。

「不會，你不用道歉。」

「可是我這樣做，到頭來只是頂著總監的頭銜蠻幹……」

因此，她當然不希望這部遭到摧毀、遭到更改的作品，被人當成「《戀愛節拍器》作者霞詩子的最新力作」。

以社團來說，等於放掉了一大賣點。

不過為了她往後的事業，那是應該的……

「可是，變樣的角色們，待在那個變樣的世界裡……卻完全沒有失去生命。」

「咦……？」

「他們活著，還認真地哭、認真地笑、認真地戀愛……我讀著讀著，不對，玩著玩著就覺得好高興、好開心，感覺心跳不已。」

……說著，詩羽學姊十分愉快地將我那些悲壯的覺悟一笑置之。

「所以，這是在霞詩子的世界中，由安藝倫也創造出來的，獨一無二的故事。」

不對，那何止是一笑置之……

「那是其他人……或者你一個人，還是我一個人都創造不出來的，完全屬於我們的，原創劇本。」

她還添上了對徒弟的最高愛意，為我的出道作獻上祝福。

妳好寵我，這樣太寵我了啦，師父……

「所以呢，倫理同學，我們不如這樣吧？」

然後，詩羽學姊提了一個筆名的點子。

既非霞詩子，也不是霞之丘詩羽，那是所有人都不認識，頭一次耳聞的劇本家名字。

「……用那個名字可以嗎？」

「只要你接受的話。」

「呃，我……應該說不敢當嗎？沾光也要有個限度吧？」

「那就決定囉。不准你再改喔？倫也學弟……」

說著，詩羽學姊悄悄地握了我的手。

第五・五章 第二輪以後，請夾在第五章和第六章中間讀（丸戶）

校慶第一天，上午十點——

「那個，很抱歉一大早就將妳叫來視聽教室這種地方，霞之丘學姊。」

「……沒什麼關係啦，反正今天我只會在下午去看話劇社演出。」

「啊，對喔，幫那齣戲寫腳本的就是……」

「不談那些了，找我有什麼事，加藤？」

「啊，呃～～……其實呢，這很難啟齒。」

「妳現在才想自封為畏縮內向型角色？」

「學姊把冷淡的話講得好直接耶。」

「有事要談麻煩講重點。我也很忙。」

「可是妳說今天只有下午有事。」

「…………」

「……呃～那我繼續說下去喔。」

「講重點就好。」

「我想，安藝今天大概會主動向學姊開口……」

「妳是指……」

「嗯，就是劇本的事。初稿和第二稿要選哪邊。」

「呼……呼嗯～」

「然後，為了講那件事情，我想他現在正在拚命找學姊。反正我們人在這裡，他只會白跑就是了。」

「妳將冷淡的話講得很直接呢。」

「我要談的，則是關於安藝想出的答案。」

「那我會聽本人說，妳不用告訴我。」

「沒有啦，我是覺得，那樣可能會讓事情變得很複雜喔～」

「……什麼意思？」

「那個嘛，呃，要當面說這種話是挺怪的。」

「我看妳果然就是想當戴眼鏡的作梗型角色……」

「那個，我先道歉好了。對不起，霞之丘學姊。」

「…………加藤，妳有什麼必要向我道歉？」

「總之呢，這是因為……」

「為何妳要來介入『只屬於』我和倫理同學之間的問題？」

「啊，那果然是個人的問題喔。哪個版本的劇本寫得比較好，單純只是大義名分囉。」

「…………唔。」

「啊，對不起。學姊又生氣了嗎？」

「……是啊，我想這都要多虧刻意挑釁的某人。」

「我並沒有那種意思……哎，算了。因為很麻煩，我只講重點。」

「拜託，我從剛才就要求過好幾次……」

「安藝把事情想歪了。」

「……咦？」

「他的思路，大概和霞之丘學姊想要的答案跑到了完全不同的方向。」

「…………」

「啊，不過希望學姊聽完他說的，也不要發脾氣。就算他那樣，也煩惱了快一個星期。縱使思考的方向完全錯了，請學姊還是諒情一下他白花的努力吧。我是這樣希望啦～」

終章

早就入夜的校庭，響起了人們的笑聲，以及喇叭播送的微懷古曲調。

總算將劇本修改完成後，相隔快四十八小時才重臨的豐之崎學園，正用後夜祭為持續三天的校慶奏出尾聲。

從這裡仰望校舍內部幾乎是一片黑，不過校庭中央已燃起紅紅營火，校慶結束後被趕出校舍的學生們正熱烈嬉鬧。

最近要辦這種活動，在安全和環境各方面的門檻都很高，但是豐之崎學園的校慶實行委員會不知道做了什麼努力，至今仍像這樣維護著古老優良的傳統。

……呃，感覺「優良」的部分只有現充能受惠就是了。

就這樣，現在聚集在火光旁邊各自起舞的，肯定全是被周圍的剩男剩女巴望著「你們最好都被營火燒到然後炸掉」的情侶檔。

話說回來，雖然不清楚最先提倡的人是誰，不過我們學校的後夜祭，似乎從以前就有讓女生邀真命天子跳土風舞的傳統。

因此這與告白模式相反的教育旅行，擁有同樣傲人的配對成功數，是一項讓媒婆笑得合不攏嘴的活動。

「……嗨。」

「……嗨。」

另外，離營火稍有距離的校庭一隅。

沒對象但照樣享受著後夜祭的哥兒們、姊妹淘就在這邊閒聊。也有寂寞地望著火光，彷彿隨時都會吹起口琴的落單族。而我來到交雜於那些人之間，獨自坐在長椅上，打開素描簿的女生面前。

「這麼暗還能畫？基本上妳有近視吧？」

「看得見景色就沒問題。反正手邊即使看不清楚，我還是知道畫得怎樣。」

「……我永遠體會不到繪師的那種感覺啦。」

英梨梨手上的素描簿，將營火在校庭中央熊熊燃燒的樣相，畫得活靈活現。

……不知道這傢伙真面目的同學應該想都想不到，這並不是美術社要用的風景畫，而是同人美少女遊戲要用的背景素描吧。

「校慶，玩得開心嗎？」

「拖到現在才說要追加劇本，讓繪師工作量暴增，變得在這兩天一步也出不了家門的總監，剛才問了什麼嗎？」

「對不起對不起對不起。」

看來我和學姊趕稿時，背後另有許多操勞的大工程同時在進行……

「多虧如此，我從剛才就被問個不停。比如『為什麼今年妳不報名豐之崎小姐選美呢？』」

「那我可不會道歉喔，妳心裡絕對是想『有溜掉的好藉口了』吧？」

「確實是那樣沒錯，但微妙在於那個理由又不能公然說出來。」

「那我也不會道歉喔，是妳自己要把工作的事保密的。」

「……話說回來，你當著這麼多人面前找我講話，其實也是嚴重違反規矩的耶。」

「那部分，倒是托傳統的福。」

今天的規則是「由女生邀男生跳舞」，所以護著英梨梨的那些追隨者並沒有像平時一樣待在她身邊。

雖然遠遠還是能感覺到有人在偷瞄我們，反正二次元宅男（真性）要不知天高地厚地找金髮雙馬尾千金小姐（偽裝）來萌，也沒有男生會對這種畫面產生危機感。

「……對了，霞之丘詩羽呢？你們這兩天都在一起對吧？」

「我先說清楚，什麼都沒發生喔。」

「那我知道。只有嘴巴厲害的超級懦弱女（霞之丘詩羽）哪有可能做什麼。」

「妳罵的還是一樣狠呢。還有我們不是那種關係啦，我們之間有同志的熱血羈絆、溫馨的師徒之愛。妳才不會懂。」

「……那個女的肯定也不想懂就是了。」

「好啦，不管那些，詩羽學姊人在那邊。」

說著，我指向和這裡位於相反側的中庭一帶。

「她好像有事要跟加藤講。」

※ ※ ※

「這樣啊，結果修改了那麼多內容……辛苦妳了，霞之丘學姊。」

「我現在還是累得連自己說的話都有一半掌握不了。要是冒出什麼莫名其妙的話，妳聽聽就算了。」

「呃，那個，所以說……」

「怎樣？」

「對學姊而言才是『正題』的那個部分，變得怎麼樣了？我有點好奇啦～～」

「哪可能出現進展嘛。我們光修改劇本就忙不過來了。」

「呃，那個，我該怎麼表示意見呢……」

「麻煩什麼都別說。因為被講任何話都會讓我顯得很淒慘。」

「啊……啊哈哈……不過，那有一半以上都算自作自受吧？」

「唔，妳是……什麼意思？」

「……霞之丘學姊，妳太受安藝重視了。」

「…………」

「安藝無論和誰在一起，都是把學姊視為優先……心裡一有芥蒂，他甚至會忽然從玉崎[第二集第五章]趕去和合市[第六章]，學姊就是被重視得這麼深喔。」

「這樣嗎……看來，我的定位果然是『瑠璃』吧。」

「呃，那是指什麼？」

「不管多受重視，總還是被當成妹妹、崇拜的對象或師父，得到特別的待遇。結果，卻不能普普通通地留在他身邊。」

「果然，霞之丘學姊希望他選的劇情線就是……」

「欸，加藤，妳聽說過『充滿回憶的寶箱和留在手邊的道具盒』這種比喻嗎？」

「對不起，我完全沒聽過。基本上那算主流的比喻方式嗎？」

「……誰知道呢？」

「對了……我還有一個比較奇怪的問題，可不可以問學姊？」

「什麼問題？」

「到最後……瑠璃這個角色，其實就是沙由佳對不對？」

「……加藤。」

「弄錯的話我會道歉。不過，我同樣將整套《戀愛節拍器》讀了兩遍喔。」

「……這樣啊。」

「雖然外型完全不像，可是她們的思考方式，或者行動模式……會讓我覺得沙由佳這個角色才是瑠璃真正的轉世。」

「發現那一點的，妳或許是第一個。」

「那是因為……還沒有其他玩家認識瑠璃啊。」

「不過，我的頭號粉絲並沒有發現。」

「啊……啊哈哈……」

「沙由佳是我第一個寫出來的角色。」

「畢竟，那是出道作嘛。」

「因為當時的我，完全沒有塑造角色的經驗，技巧也不夠，還有我本來也不太擅長和別人相處……」

「『本來』是嗎……」

「我根本不懂其他女孩子。所以，只好從最近的地方（自己身上）找藍本。」

「霞之丘學姊……」

「所以……所以呢……這次我真的很希望讓瑠璃贏……」

「當時其實想讓沙由佳贏的我，是這樣希望的。」

※　※　※

「所以，這次終於把劇本寫好了嗎？」

「嗯，不過……」

英梨梨無視於眼前的喧噪，動筆速度依舊驚人。

「不過怎樣？」

「關於內容沒辦法打包票喔。畢竟，有一部分是我寫的。」

素描本上，除了校庭及營火外，還添了在周圍跳舞的路人……呃，跳舞的學生們，剩下只要畫出在這裡跳舞的男女主角，事件ＣＧ馬上就完成了。

「肯定是滿滿噁心肉麻的文章吧。敢情是御宅族看了會高興的幼稚設定搭配超強男主角，然後格外強調萌點又方便呼來喚去的女主角們全都迷上他，所有人奮戰勝利後就甜甜蜜蜜無憂無慮地迎接快樂結局。」

「……妳應該還沒看過吧？我寫的劇本。」

「劇本沒看過，但是你腦袋裝的東西我從以前就一直看到現在了。」

妳還不是一樣最愛看那樣的劇情，居然說得這麼嗆。

我才是從以前就一直看著妳腦袋裡裝的東西啦。

「哎，因為這樣，我無法否定，詩羽學姊的作品有可能會被我貶低成爛作就是了。」

互斥的同類，在喜好上相似得恐怖。

崇拜的鬼才，在作風和想法上的差異卻大得嚇人。

世事真難盡如人意耶。

「就算那樣……」

「嗯？」

「和之前的劇本一比，受玩家歡迎的可能性增加了對吧？」

「對啊。」

「表示贏過『rouge en rouge』以及波島出海的可能性，也提高了對吧？」

其實我很想告訴英梨梨「競爭根本不重要吧」。

對她說對手怎樣都無關緊要，能創造出讓自己多滿意的作品才是重點吧……

剛完成劇本，處於賢者模式的我，目前腦子裡浮現的盡是那種大道理。

「……對啊！」

不過，假如那就是英梨梨的動力來源。

反過來說，假如那就是出海的動力來源。

「那就沒問題。你要怎麼貶低霞之丘詩羽都可以。」

「呃，那個……」

伊織，我們就視彼此為不共戴天之敵，來大戰一場吧……

「那我可不能當作沒聽見喔，澤村。」

「我也沒有把話撤回的意思就是了。」

「唔，學姊什麼時候……」

……當我以為可以收尾得帥氣一點時，結果還是行不通，這該說是我們「blessing software」成員之間的溝通能力太強或太糟啊？

不知不覺中繞到我們背後的詩羽學姊，已經巧妙封印了之前睡眠不足導致的奇怪亢奮，改用平時冷冷的嗓音向英梨梨挑起話鋒。

「基本上，我的文章並沒有不濟到摻進一點異物，就會評價掃地喔。」

「妳也不用硬撐啊。萬一遊戲不叫座，把錯推給劇本的副筆不就好了？反正那就是寫手的處世之道嘛。」

「那樣不行喔，無論如何我都不能讓倫理同學的評價掃地。畢竟我費盡心力，才幫助他啟用了自己的筆……」（註：日文中「啟用毛筆」，亦有幫助男生破處的含意）

「學姊是幫助我出道當寫手吧！不要亂說啦！」

※　※　※

「唉～～……」

她們兩個的口角，一下子就變得毫不收斂，我從中匆匆逃離。

然而我這一逃，仍有如飛蛾撲火……哎，因為旁邊就是真正的火。

沒錯，這裡正是現充的巢穴……土風舞的圈子當中。

「兄長。」

不遜於剛才那種對罵的尷尬氣氛，使我在周圍的男男女女間鑽來鑽去，同時還得放慢腳步，避免撞到別人。

「兄長……」

總之，現在要趕快穿過人陣。

畢竟這樣會礙到其他同學，更重要的是他們也嚴重礙到我的心情……

「哎喲，兄長！」

「咦？」

於是，就在這時候。

剛才一直沒有放在心上的某陣嗓音，讓我忍不住起了反應。

「兄長」這種稱呼……對我來說，怎麼想都不熟悉。

所以，哪怕那個詞有多能勾起我的豬哥性情，照常理想，我都不會誤以為那陣呼喚聲是在叫我。

可是……

在那裡，有個陌生的少女，眼睛直直地只望著我，毋庸置疑。

自然留長的頭髮烏亮、夢幻且美麗的神祕少女。

「瑠璃……？」

不，不對。

那名字、那模樣，在我的記憶深處都有一絲絲印象。

沒錯，她是只留存於設定圖、設定資料、諸般二次元檔案中的……

「明明人家一直在叫你……好幾年、好幾十年來，一直、一直都在叫你……」

丙瑠璃。

在今生借了叶巡璃的軀體，打算取回以往喪失的生命及戀情，個性上有點……呃，相當病嬌且迷戀兄長的妹妹。

「畢竟，現在的我……是誠司才對。」

而飾演她的人……和叶巡璃一樣，是加藤惠。

「……我好高興，兄長。」

「…………」

這裡，和燃燒的營火亮光稍有距離。

「我又再一次觸碰到兄長了。手與手，能像這樣交疊。」

「這樣對我不是很過分嗎，双真兄長（倫也）……？」

「……我說啊。」

避開人群，跳舞跳得有些生疏的我們，受到了周圍一些些注目。

「只不過是這樣一件事，不對，如此的奢望能實現，人家好高興、好高興、好高興……」

「加藤，拜託一下……」

「不行喔，安藝。不演到最後，寫腳本的人會發脾氣耶。」

「果然是那個人唆使的啊……？」

比如對面長椅上，就有一個手拿素描簿，滿臉不高興地瞪著這裡運筆的金髮女生。

在她身邊，則是某位一會兒顯得開心，一會兒顯得懊悔，一會兒好像在聲援，一會兒又好像在咒罵，表情忙著變來變去的黑髮女性。

「學姊拜託過我……至少在今天，她希望我能當瑠璃。」

她拜託加藤的心情，我同樣能理解。

「學姊說，希望我能讓瑠璃成佛。她希望我能幫瑠璃實現心願。」

加藤現在……真的就是瑠璃。

那個既病嬌，又愛撒嬌，但也可愛得不得了，而且最受双真寵愛的妹妹。

可愛到這種地步，我都搞不懂是英梨梨的設計能力太強，或者加藤其實是個麗質不凡的美少女了。

「所以，至少在今天，安藝能不能也將『由於双真記憶復甦，而受到瑠璃吸引的誠司』演好呢？」

「可是，那樣做的話，我們的事情說不定從明天起就會傳開喔？」

加藤再次換髮型。

而且我們倆還跳了「傳統」的土風舞。

「不會的啦，反正是我和安藝。」

「妳自虐時也變得有模有樣了，加藤……」

可是，插滿重要旗子的我們，卻依然聊著口無遮攔的內容。

手仍牽著手。

身體自然而然地，貼在一起。

※　※　※

「……TAKI　UTAKO？」

「這筆名不錯吧？」

「等等，霞之丘詩羽……妳是認真的嗎？」

「有什麼關係嘛。單純是僅限這次遊戲使用的合作筆名啊。」

「……明明妳根～本沒有想得那麼輕鬆。執著再深也要有限度啦！」

「我才不想讓從小學就眷戀到現在的人說呢。」

「我才沒有像妳用那麼悽慘的妄想來安慰自己。」

「我說啦，那單純是筆名罷了。又不是這樣子就等於用創作者身分結為連理，或者身為作家的羈絆再也切不斷，那些病態的念頭我絲毫沒有想過喔。」

「有有有，妳分明就沉浸在裡頭，妳就是用那種方式在尋找慰藉！」

「哎，不管那個，這樣一來『我們』該做的就告一段落了。」

「妳不用強調成複數型態。基本上倫也要做的工作還堆得像山一樣。」

「剩下的，就是妳的圖了……那算最後，也是最大的一個關卡呢。」

「……我知道。」

「劇本的部分拖到瀕臨底線才完成，給妳添了困擾。關於這點，我真的對妳覺得很抱歉。」

「反正會拖得這麼晚，又不是妳害的……」

「不過，要是妳的工作成果貶低了我們的故事……我不會原諒妳。」

「……不用妳說，我就是抱著那樣的覺悟在畫。」

「好了，所以我差不多該走囉。」

「妳要回家了？」

「說什麼啊？接下來才是校慶的重頭戲不是嗎？」

「可是，只剩後夜祭……咦？」

「對，現在換我和倫理同學跳舞了。我跟加藤約好差不多這時候輪流。」

「什……？」

「畢竟，我就是為了這個目的，才會在想睡時還專程回來學校啊。」

「等……等一下！霞之丘詩羽！」

「要不要排在我後面邀舞？我想，倫理同學大概不會拒絕妳喔？」

「…………」

「哎，依妳的情況，還要顧慮靠假面具累積至今的人望，八成也不能那樣做吧。」

「…………」

「不過呢，澤村……像那些束縛，最好在自己被綁死以前先處理掉喔。」

「……唔。」

「再見……加油吧，澤村英梨梨。」

※　※　※

「我才不會輸……」

「我才……不要輸給任何人……！」

「…………嗚嗚～～～」

後記

大家好，我是丸戶。

感謝您將《不起眼女主角培育法》第五集納入手裡。

以往沒有讀過，但是看到封面就忍不住展書一閱的讀者，這樣說雖然算老王賣瓜，不過我懂那種心情。這次的封面草圖送到時，我同樣忍不住發出了感嘆。

還有從第一集就續追至今的讀者，我想各位也察覺了，從這集開始，裝點封面的女主角已經進入第二輪。

加藤照例被排除在外，這次連登上第一集門面的杏鮑子……英梨梨都被超前，詩羽學姊來到第二輪戰鬥……就率先動真格發狠招了。具體而言最有壓力的是丸戶我。

因為如此，這次貨真價實，完整無缺地變成由詩羽學姊主秀……應該是吧？

來到第二輪，感覺她已經卸除了身上的武裝（以各種意義而言），這方面的判斷大多是出於畫插圖的深崎老師和編輯萩原先生的失控……呃，我是指裁量，丸戶我則是心驚膽跳地留在決策圈之外守候著。

以作者來說，寫了這麼多角色，如果讓各個女主角平均爭取到人氣，不知道是否能當成戀愛喜劇持續寫下去呢～比如讓四個女主角各輪兩次，將集數拖到八本之類的～雖然我有許多惹人厭的盤算想嘗試，但是這部作品的劇情發展，光憑個人已經無法裁量任何環節了，我強烈感受到插畫家、編輯和所有讀者的政治力，會帶來相當大的影響。

說真的，這部作品到底要走誰的結局啊……不管迎向哪種結局，好像都會招致別人的怨恨，我現在就對完結感到恐懼了。另外，從以前就熟知我作品的各位讀者，即使心裡有「你敢講這種話？」的念頭，麻煩也絕對不要說出口。

不過，有這麼多人肯主動參與這部作品，對於原本就一直從事遊戲製作這種團隊作業的人來說，有種熟門熟道的感覺，在那樣的氣氛下合力創作，也有愉快的一面。

畢竟和各界人士喝酒的機會也增加了。而且對方要是工作上來往的客戶，酒錢還可以請他們公司墊（以下略）

還有，在此也稍微提一下第五集本身的內容。

這部作品，要是有讀者能花一絲絲認真的心思來讀（近乎惹人嫌的自虐），對這次的內容或許會覺得：「搞什麼嘛，這等於進入第二集的迴圈了不是嗎？」

實際執筆時，我也頻頻認為：「這些傢伙拖了這麼久還是在重複相同的事情，一點進展都沒有耶……」（那就讓他們有進展啊），就算狀況如此，要是各位能夠體會到倫理同學那成長了一滴滴的創作魂，或者詩羽學姊嚴重惡化的龜縮症狀，我就深感欣慰了。說真的，為什麼妳這樣還是插不了旗啊，學姊……

那麼，下一次就是第六集了。

構思這部作品時，我預先設想過「要是確定被腰斬，這一集的終章就突然從這幕切入好了」而定作舞台的冬COMI，穩穩當當地來到了這裡。

遊戲終於完成，進軍同人場，和勁敵展開對決，劇情即將迎向耍寶的高潮。

以故事而言、以宣傳而言（希望），我想這次都將出現大動作。

至於在超重要的第六集裡擔任核心要角的，似乎就是曾在第一集風風光光地上封面亮相，如今卻成了紙老虎，而被眾人用溫馨目光守候著的傻呼嚕女主角澤村・史賓瑟・英梨梨。

樣板化的金髮雙馬尾究竟能不能復權？在注目這一點（主要是指插畫家和編輯給她的待遇）之餘……不對不對，為了達成這一點，我會全力以赴，希望能讓讀者們內心的鐘擺大幅搖晃。

咦？加藤？……呃，說來說去，每一集她還是占了滿多便宜，照現在這樣就行了吧？

那麼，最後照例要獻上謝詞。

……話雖如此，這兩位平時已經被我拿來大作文章了，多問候好像也是枉然耶。

所以囉，往後也讓我們一起加油吧，深崎老師、萩原先生。

下次，讓我們在霞詩子小姐也未知的領域——第六集見面。

二〇一三，白〇相簿的季節

丸戶史明

線上遊戲的老婆不可能是女生？ 1 待續

作者：聽猫芝居　插畫：Hisasi

Kadokawa Fantastic Novels

真是太令人遺憾了!!
我求婚的美少女居然是人妖!?

有著曾向網路人妖告白的黑暗歷史的少年英騎，有一天又被線上遊戲中的女角告白。原以為黑暗歷史將再次重演，但線上遊戲中的「老婆」亞子＝玉置亞子卻是如假包換的美少女，而且，竟然還分不清現實與遊戲……？

台灣角川

NT$190/HK$58

Kadokawa Light Novels

碧陽學園新學生會議事錄（上、下）

新學生會的一存（完）

Kadokawa Fantastic Novels

作者：葵せきな　插畫：狗神煌

第三十三屆碧陽學園學生會雖然成立，
不過杉崎鍵的苦難現在才要開始！

第三十二屆碧陽學園學生會雖然解散，不過升上三年級的杉崎鍵依然很期待。然而在新學生會開始活動的第一天，學生會辦公室裡竟然只來了他一個？除了他的其他成員雖是美少女，然而這些人也未免太有個性了吧!?

各 **NT$220~240/HK$60~65**

台灣角川

國家圖書館出版品預行編目資料

不起眼女主角培育法 / 丸戸史明作；鄭人彥譯.
-- 初版. -- 臺北市：臺灣角川, 2014.02-
冊；　公分.-- (Kadokawa fantastic novels)

譯自：冴えない彼女の育てかた
ISBN 978-986-325-794-3(第4冊：平裝). --
ISBN 978-986-325-927-5(第5冊：平裝)

861.57　　102026374

Kadokawa Fantastic Novels

不起眼女主角培育法 5

（原著名：冴えない彼女(ヒロイン)の育てかた 5）

2014年5月21日 初版第1刷發行
2024年10月4日 初版第18刷發行

作　者：丸戶史明
插　畫：深崎暮人
譯　者：鄭人彥

發行人：台灣角川股份有限公司
總　監：呂慧君
總編輯：蔡佩芬、朱哲成
主　編：林秀儒
設計指導：陳晞叡
美術設計：吳佳昀
印　務：李明修（主任）、張加恩（主任）、張凱棋、潘尚琪

發行所：台灣角川股份有限公司
地　址：104台北市中山區松江路223號3樓
電　話：（02）2515-3000
傳　真：（02）2515-0033
網　址：www.kadokawa.com.tw
劃撥帳戶：台灣角川股份有限公司
劃撥帳號：19487412
法律顧問：有澤法律事務所
製　版：巨茂科技印刷有限公司
ISBN：978-986-325-927-5